충만한 삶, 존엄한 죽음

충만한 삶, 존엄한 죽음

엘리자베스 퀴블러 로스 지음
장혜경 옮김

다른 것은 몰라도 이 한 가지는 확실히 압니다.
원하는 것을 전부 얻지는 못할 것입니다.
하지만 정말로 필요한 것은 항상 얻을 것입니다.

엘리자베스 퀴블러 로스

차례

일러두기

이 책은 아래의 강연 녹취록을 기틀로 삼았습니다.

Death Does Not Exist, 1976
Life, Death and Life after Death, 1980
Death Is of Vital Importance, Stockholm, 1980
Second Lecture, Stockholm, 1981
Healing in Our Time, Washington, 1982
The ARE Lecture (at the Edgar Cayce Foudation), Virginia Beach, 1985
Making the Most of the Inbetween, 1987
The Tucson Workshop (private recording), Tucson Arizona, 1989

알아듣기 힘든 말들은 이해하기 편하게 다듬었습니다. 여러 곳에서 같은 말을 되풀이한 경우에 한데 묶어서 적절한 자리에 끼워 넣었습니다. 이 강연에서 했던 말을 저 강연에 집어넣기도 했는데요, 그건 앞뒤가 안 맞아 자칫 헷갈릴까 봐 통일성을 기하기 위해 그렇게 했습니다. 하지만 기록의 내용은 수정 없이 거의 온전히 책에 담았습니다.

이 녹음 테이프는 (다른 테이프들과 함께) 아래 장소에 보관되어 있습니다.

Elisabeth Kübler-Ross Center Shanti Nilaya
South route 616
Headwaters
Virginia VA 24442
USA

품위 있는 삶과 죽음에 관한 네 번의 강연

엘리자베스 선생님께,

제가 보기엔 이 책이 지금껏 출간된 당신의 책들 중 단연 최고입니다. 오랜 시간 저는 이곳 스웨덴은 물론이고 외국의 서점까지 돌아다니며 열심히 이런 책을 찾았답니다.

그 날의 기억이 지금도 생생합니다. 당시 저는 아직 풋내기 의사였는데 우연히도 (운이 좋아서라는 표현이 더 옳겠지요.) 잡지에서 당신이 쓰신 기사를 읽었습니다. 리즈라는 소녀의 이야기였는데 암에 걸린 아이가 뭔지 모를 불안 때문에 눈을 감지 못했다는 내용이었습니다.

당신의 도움으로 리즈가 여한을 풀고 편히 눈을 감을 수 있게 되었다는 부분에서 당시 제가 느꼈던 감정을 평생 잊을 수 없을 겁니다. 저는 당신을 통해 불안을 조장한 사람들을 공격하지 않고도 아이를 도와줄 수 있다는 사실을 배웠습니다. 의학 공부를 아무리 열심히 해도 절대 배울 수 없었던 깨달음이 번개처럼 저를 찾아왔습니다. 환자의 마음에 숨은 힘과 인생 경험을 활용하면, 환자가 힘겨운 상황과 위기를 이겨내도록 도와줄 수 있다는 깨달음을 말이지요.

그래서 더 알고 싶었습니다. 이처럼 용기와 감동을 선사하는 멋진 인간 승리의 이야기들을 모아놓은 당신의 책을 찾고 싶었습니다. 물질을 이긴 정신, 몸을 이긴 마음, 불안과 죄를 이긴 사랑의 이야기들을 말입니다.

안 그래도 워낙 임사체험과 다른 영적 경험에 관심이 많았고 당신의 삶에 대해서도 알고 싶었습니다. 단순한 호기심이 아니라 어떤 분야의 선구자가 겪은 경험은 항상 뒤따르는 이들에게 큰 도움이 되는 법이니까요. 당신은 어린 시절 어떤 질문을 던졌기에 지금 이런 일들을 하고 계신 걸까요? 그 질문을 알면 당신이 하고 계신 일을 이해하기도 더 수월할 것 같았습니다.

하지만 그런 책을 찾기가 쉽지 않았습니다. 이유는 간단했지요. 그런 책이 없었거든요. 조금 후에 나온 《어린이와 죽음》이 그나마 제가 상상했던 책에 가까웠지만 그것 역시 흡족하지는 않았습니다. 그래서 당신이 언젠가 제가 바라던 책을 쓰실 것이라는 희망을 차츰 접었습니다.

몇 달 전에 한 스웨덴 출판사로부터 당신의 강연 녹취록을 스웨덴어로 옮겨달라는 부탁을 받았습니다. 급하니 빨리 해달라는 부탁을 곁들여서요. 그런데 그 녹취록에서 다시 리즈의 이야기를 만나게 되었습니다. 그 순간 당신이 소개하신 다른 사연이 떠오르더 군요. 제피라는 이름의 아이인데…… 아, 여기서 미리 알려드리면 독서에 방해가 될 것 같군요.

어쨌든 그 이야기도 원고에 집어넣고 싶어서 친구에게 당신이 제피를 소개한 강연 녹취록을 구해달라고 부탁했습니다. 그런데 '우연히도' 다른 녹취록이 도착했고, 그 안에 역시나 감동적인 다른 사연들과 몇 가지 임사체험 경험담이 담겨 있었습니다.

거기서 멈추지 않고 또 한 번의 '우연'이 저를 당신에게로 데려갔 습니다. 당신을 만나러 버지니아로 간다는 친구를 만나게 되었거 든요. 그 친구에게 샨티 닐라야에 보관된 어떤 녹음 테이프를 갖다 달라고 부탁했습니다. 친구는 제가 원한 테이프 대신 다섯 개의 다 른 테이프를 갖고 왔는데, 거기엔 당신의 개인적인 영적 체험과 몇 가지 매우 감동적이고 생각할 거리도 많은 어린 시절의 이야기들 이 담겨 있었습니다. 그 이야기를 들으니 1980년의 스톡홀름 강연 에서 왜 당신이 이렇게 말문을 여셨는지 알 것 같았습니다. 당신은 "근검절약이 몸에 배고…… 권위적이며…… 고리타분한 집안"에서 태어났고 하셨죠. 그 강연은 이 책의 첫 장이 되었습니다.

그 모든 이야기들을 들으며 저는 모든 것이 사랑으로 바뀔 수 있 고 봉사와 헌신의 힘으로 거듭날 수 있다는 사실을 다시 한 번 깨 달았습니다.

어쨌든 '우연이라는 친구' 덕분에 (아니면 당신의 말씀처럼 '신의 간섭' 덕분에) 저는 얼떨결에 제가 오랜 세월 찾아 헤매던 당신의 책을 엮어 세상에 내놓게 되었습니다. 이 얼마나 기막힌 '우연'인가요!

독자 여러분, 이 책은 제가 보기에 지금껏 나온 엘리자베스의 책 중 단연 최고입니다. 용기와 감동을 선사하는 네 번의 강연을 담았으니까요.

의사가 아니어도 됩니다. 사전 지식이 없어도 됩니다. 책을 읽고 누구나 많은 것을 배울 수 있을 것입니다. 그저 '직관에 대한 기본 교육'만 마쳤다면, 말라비틀어진 이론보다 살아 숨 쉬는 사례에 더 귀 기울이겠다는 각오만 있으면 됩니다. 봉사자로서, 인간으로서 성숙하고 성장하겠다는 마음만 있다면 그것으로 충분합니다.

엘리자베스, 엮은이로서 다시 한 번 당신께 감사를 드립니다. 이 책을 작업하면서 당신의 깨달음과 경험, 사상에 한발 더 다가갔고 어떤 의미에선 당신의 삶에도 한자리를 차지하게 되었습니다. 그 점에 깊은 감사를 드립니다.

예란 그립
1989년 7월, 스웨덴의 움살라에서

추신

이 책의 원고를 마감한 직후 당신의 전기를 읽었습니다. 기자 데렉 길이 쓴 《엘리자베스 퀴블러 로스의 삶을 알아보다Quest - The Life Of Elizabeth Kübler-Ross》입니다. 후기에서 당신은 왜 그 책에서 1969

년까지의 삶만 소개했는지 그 이유를 설명했습니다. "언젠가 이후의 내 인생과 사후생에 관한 우리의 연구 결과가 알려져서 왜 내게 그런 일이 일어날 수밖에 없었는지 밝혀진다면 이 책이 더 큰 인정을 받게 될 것이라 생각합니다."

그 말끝에 당신이 대략적으로 설명했던 책의 내용은 8년 후 제가 아무것도 예상치 못한 채 이곳 스웨덴에서 당신의 강연을 엮어 만든 이 책과 정말로 똑같았습니다.

전기를 읽고 나니 편집자와 수도 없이 토론을 하던 장면들이 떠올랐습니다. 번역 작업의 규모가 예상보다 커지면서 우리는 참 많이도 이야기를 나누었습니다. 아무래도 이 책이 꼭 세상에 나오고 싶은 모양이니 우리야 그저 책이 시키는 대로 따를 수밖에 없지 않냐던 편집자의 웃음 섞인 말이 떠올랐습니다. 그녀의 말이 옳았습니다. 이 책은 세상에 나올 수밖에 없었습니다. 이미 계획에 있었던 것이지요. 저는 그저 운이 좋아 그 계획을 실행에 옮기는 사람으로 선택받았을 뿐입니다.

1991년 9월

첫 번째 강연

충만한 삶, 존엄한 죽음

스톡홀름, 1980년

삶을 바꾸기 위해
필요한 손짓

저는 스위스에서 태어났습니다. 전형적인 스위스 가정이었지요. 대부분의 스위스 사람들처럼 근검절약이 몸에 배고, 매우 권위적이며, 상당히…… 뭐랄까…… 고리타분한 집안이었습니다. 그래도 부족한 것 없이 자랐고 우리를 진심으로 사랑해주신 부모님이 계셨지요.

그런데도 전 어찌 보면 '원치 않는' 아이였습니다. 부모님이 아이를 원하지 않았다는 말은 아닙니다. 부모님은 딸을 정말 간절히 바라셨죠. 하지만 몸무게가 적어도 10파운드는 나가는 귀여운 작은 딸을 상상하셨을 거예요. 세쌍둥이를 낳을 것이라고는 꿈에도 생각지 못하셨을 테죠. 태어날 당시 저는 몸무게가 2파운드밖에 안 나갔어요. 얼굴도 정말 밉게 생긴 데다가 머리카락 한 올 없어서 부모님은 엄청 실망하셨죠.

15분 후 아기가 또 태어났고 다시 20분 후 아기가 또 태어났어요. 막내는 몸무게가 6.6파운드였어요. 그래서 부모님이 정말 좋아하셨죠. 첫째와 둘째는 도로 뱃속으로 집어넣어 버리고 싶으셨다네요.

그렇게 저는 세쌍둥이로 자랄 운명을 타고났습니다. 세상에서 제일 미운 원수에게도 주고 싶지 않을 만큼 혹독한 운명이었죠. 일란성 쌍둥이로 산다는 것은 묘한 겁니다. 아무도 모르게 죽을 수도 있거든요. 평생 나처럼 보잘 것 없는 2파운드짜리 아기도 살 가치가 있다는 것을 만인에게 입증해야 할 것 같은 기분이었어요. 무엇이든 치열하게 싸워 얻어야 했기에, 일자리를 지키려면 다른 사람의 열 배는 더 힘들게 일해야 한다고 확신하는 맹인의 심정이었어요. 평생 제가 살 가치가 있는 존재라는 것을 스스로 입증해야만 하는 기분이었죠.

하지만 돌이켜보면 제가 지금의 이 직업을 결정한 것도 저의 출생과 유년기 덕분이었답니다. 그 사실을 깨닫기까지 50년의 긴 시간이 걸렸죠. 삶에서 우연은 없다는 것을, 출생의 상황조차 우연이 아니며, 비극이라 생각되는 것도 우리가 비극으로 만들기 전에는 비극이 아니라는 사실을 깨닫기까지 50년이 필요했던 것이지요.

비극도 기회라 생각하고 가능성으로 만들자고 결심할 수 있습니다. 그럼 비극이라 생각했던 것도 실은 도전이며, 삶을 바꾸기 위해 필요한 손짓이라는 사실을 금방 깨닫게 될 겁니다.

삶의 끝자락에 서서 —화창한 봄날뿐 아니라 비바람 몰아치던 추운 겨울까지— 과거를 되돌아본다면 여러분을 지금의 여러분으로 만든 것은 그 비바람이라는 사실을 확인하게 될 겁니다. 누군가 이런 말을 했죠. "삶이란 원심분리기에 돌을 집어넣는 것과 같다. 깨지거나 반들반들해져서 나온다." 그 말이 옳습니다.

세쌍둥이로 자란다는 것은 그런 도전입니다. 친어머니와 친아버지가 나와 여동생을 구분하지 못한다는 사실을 유리알처럼 명료하게 아는 것입니다. 선생님이 누가 'A'고 누가 'D'인지 구분을 못해서 쌍둥이 모두에게 'C'를 준다는 사실을 오랜 세월 아는 것입니다.

어느 날 여동생이 첫 데이트를 했습니다. 처음으로 제대로 임자를 만난 십 대의 여학생처럼 사랑에 푹 빠져버렸죠. 그런데 남자친구와 다시 한 번 데이트를 하기로 한 날 그만 몸이 아파서 약속에 나갈 수가 없게 되었습니다. 상심이 이만저만 아니었겠죠. 보다 못한 제가 말했습니다. "걱정하지 마. 못 나가서 그 아이를 놓칠까 봐 걱정되거든 내가 대신 나갈게. (청중석에서 웃음) 어차피 눈치 못 챌 거야."

나는 여동생에게 어떻게 해야 할지 정확히 지시를 받은 후 대신 약속 장소에 나갔죠. 그 아인 정말 눈곱만큼도 눈치를 못 챘답니다. (다시 웃음)

그때를 돌아보는 지금은 이 이야기가 웃길지도 모르겠습니다. 하지만 당시 어린 소녀였던 제겐 누군가를 사랑하여 그와 데이트를 할 수 있지만 동시에 완전히, 어느 모로 보아도 쉽게 교체될 수 있다는 생각은 끔찍했습니다. 심지어 가끔은 내가 정말 내 여동생이 아닌지 혼자 물었을 정도였죠.

일찍부터 그런 교훈을 얻었던 것이 큰 도움이 되었습니다. 여동생의 남자친구가 나와 동생이 바뀐 것을 눈치채지 못했던 그날 이후 저는 제 평생 어쩌면 가장 힘들었을 결정을 내렸거든요. 스위스를 떠나기로 결심했습니다. 가족을, 안전한 집을 떠나기로 마음먹었습니다. 저는 집을 떠나 전쟁이 끝난 유럽을 두루 돌아다녔습니다. 여기 스웨덴에도 와봤습니다. 이곳에선 워크숍을 열기도 했습니다.

바꿀 수 있는 것과
바꿀 수 없는 것

제가 마지막으로 도착한 곳이 폴란드의 마이다네크였습니다. 나치 수용소가 있던 곳이지요. 그곳에서 죽임을 당한 아이들의 작은 신발과 사람 머리카락이 빼곡한 열차 차량들을 보았습니다. 책에서 그런 내용을 읽기만 해도 끔찍하지만 실제로 거기 서서 소각장을 직접 제 눈으로 보고 제 코로 냄새를 맡는다는 것은 전혀 다른 경험입니다.

당시 저는 열아홉 살이었고 격동이라고는 없는 나라에서 살았습니다. 스위스엔 인종문제도 없고 가난한 사람들도 없었으니까요.

지난 760년간 전쟁을 겪은 적도 없었습니다. 아직 인생을 모르는 철부지 아가씨였지만 그곳 마이다네크에선 문득 온 세상의 참상이 저를 덮친 것만 같았습니다. 그런 경험을 하고 나면 예전과 같은 사람일 수 없습니다. 그날은 제게 축복이었습니다. 마이다네크를 경험하지 않았다면 전 지금 제가 하고 있는 일을 하지 않았을 테니까요.

궁금했습니다. 어떻게 저나 여러분 같은 어른들이, 남자와 여자들이 96만 명의 무고한 아이들을 살해하고서는 집에 돌아와 수두에 걸린 자기 자신을 걱정할 수 있는 걸까요?

그곳을 나와 아이들이 생의 마지막 밤을 보냈을 바라크로 갔습니다. 왜 그랬는지는 모르겠지만 그 아이들이 어떻게 죽음을 맞이했는지 그 흔적을, 메시지를 찾았던 것 같습니다. 아이들은 돌이나 백묵으로, 그마저 없으면 손톱으로 바라크 벽에 상징을 새겼습니다. 제일 많이 그린 그림은 나비였습니다.

나비 그림을 하나하나 살펴보았습니다. 당시만 해도 저는 아직 젊은 나이였고 아는 것도 많지 않았습니다. 왜 다섯 살, 여섯 살, 일곱 살, 여덟 살, 아홉 살 아이들이 집에서, 부모님 품에서, 안전한 집과 학교에서 강제로 끌려나와 가축을 실어 나르는 열차에 실려 아우슈비츠로, 부헨발트로, 마이다네크로 끌려와야 했을까요? 왜 이 아이들이 나비를 보았던 걸까요? 그 대답을 찾기까지 무려 사반세기가 걸렸습니다. 그날 마이다네크에서 저의 천직이 시작되었던 것입니다.

그곳에서 저는 한 유대인 처녀를 만났습니다. 전쟁이 끝나고도 딴 곳으로 가지 않고 그곳을 지키고 있었지요. 왜 그랬는지 저는 이해할 수가 없었습니다. 그녀는 할아버지와 할머니, 부모님과 모든 형제자매를 강제수용소 가스실에서 잃었습니다. 그들이 온 식구를 가스실에 밀어 넣었는데 아무리 애를 써도 더 이상 넣을 수가 없었기 때문에 그녀 혼자 남았던 거지요.

저는 당황해서 물었습니다. "여기서 뭘 해요? 왜 이런 비인간적인 곳에 남아 있는 거예요?"

그녀는 대답했지요. "수용소에서 보낸 마지막 몇 주 동안 맹세했습니다. 살아남아 나치와 수용소의 참상을 세상에 알리겠다고요. 그러나 마침내 해방군이 왔을 때 전 그 사람들을 보며 혼잣말을 했지요. '아냐. 마음먹은 대로 한다면 나도 히틀러보다 나을 게 없어.' 그래봤자 또 다른 증오와 폭력의 씨앗을 세상에 뿌리는 것과 다를 게 없을 테니까요. 신은 세상 그 누구에게도 짊어질 수 있는 짐만 주신다고 믿는다면, 세상 그 누구도 혼자가 아니라고 믿는다면, 마이다네크의 비극과 참상을 인정하고 받아들일 수 있다면, 내 인생이 단 한 사람에게라도 영향을 미쳐 그를 나쁜 생각과 증오와 복수와 괴로움에서 구하여 봉사하고 사랑하고 협력할 수 있는 사람으로 변모시킬 수 있다면 내 인생은 의미가 있을 것이고 내가 살아남은 보람이 있을 것이라고요."

부정적인 마음은 부정적인 마음만 불러옵니다. 부정적인 마음은 암세포처럼 자라지요. 하지만 우리는 선택할 수 있습니다. 슬프고 끔찍한 현실이지만 아무리 애써도 변치 않을 과거임을 인정할 수 있습니다. 그 처녀는 그러기로 마음먹었던 것이지요.

그녀가 바꿀 수 있는 것은 앞으로 다가올 미래였습니다. 그 모든 과거를 재료로 무엇을 만들지는 그녀의 손에 달렸습니다. 그래서 그녀는 끔찍한 광경과 냄새가 서린 이 참혹한 장소에 그대로 남기로 결정했던 것입니다.

우리는 함께 바라크로 갔습니다. 그리고 나비를 보았습니다. 우리는 어린 소녀들처럼 이야기를 나누기 시작했지요. 삶과 죽음에 대해 이런저런 이야기를 나누던 중 그녀가 내게 말했습니다. "엘리자베스, 모든 사람의 마음에는 살짝 히틀러가 숨어 있는 것 같지 않아요?"

우리는 너무 일찍 깨달았습니다. 봉사하고 사랑하는 인간이 되려면 우리 안에 숨은 부정의 마음, 우리에게도 깃든 부정의 잠재력을 똑바로 바라볼 용기가 필요하다는 것을 말입니다. 우리 모두에겐 히틀러가 될 잠재력 못지않게 마더 테레사가 될 잠재력도 **똑같이** 깃들어 있으니까요.

우리는 헤어졌습니다. 저는 스위스로 돌아가 의학을 공부했습니다. 아프리카나 인도에 가서 알베르트 슈바이처 같은 의사가 되는 꿈을 꾸었습니다. 하지만 인도로 떠나기 2주 전에 프로젝트가 무산되었다는 소식을 들었습니다. 그리고 인도의 정글 대신 뉴욕 브루클린의 정글로 떠났습니다. 미국 남자와 결혼을 했는데 그이가 절

하필이면 살고 싶은 장소 리스트의 맨 밑에 있던 곳으로 데려갔던 것이지요. 뉴욕시, 세계에서 가장 큰 정글로요. 저는 정말 불행했습니다.

외국인 여자 의사가 7월에 전문의 교육을 받을 자리를 구한다는 것은 불가능에 가까웠습니다. 찾다가 찾다가 겨우 맨해튼의 한 국립병원에서 자리를 구했습니다. 그곳은 불치의 정신질환자들, 정신분열증 환자들이 우글거리는 정신과였지요. 그들이 구사하는 영어를 전 거의 알아듣지 못했습니다. 하긴 어차피 그들의 '정신분열증어'는 중국어라고 해도 믿었을 겁니다. 게다가 전 정신과에 관해서라면 아는 게 전혀 없었습니다. 시골에 가서 의사 노릇을 하라면 잘했겠지만 정신과 의사는 아니었던 거지요.

정말로 느닷없이 새로운 분야로 가게 된 데다 낯선 곳에서 적응하느라 너무 외롭고 슬프고 불행했지만 남편을 불행하게 만들고 싶지는 않았기에 저는 환자들에게 온 마음을 다했습니다. 그들의 고통, 그들의 외로움, 그들의 절망을 내 것처럼 느끼려 노력했습니다.

그랬더니 놀랍게도 환자들이 입을 열기 시작했습니다. 20년 동안 한마디도 하지 않았던 사람들이 갑자기 자신의 심정을 표현하고 자기 감정을 알리려 애를 썼지요. 그들 곁에서 저도 느낀 것이 많았습니다. 나만 힘든 게 아니라고, 여기 병원에 갇힌 이 환자들에 비하면 나는 호강에 겨운 사람이라고 생각했습니다.

저는 2년 동안 그 환자들과 생활하며 일했습니다. 하누카(유대교

축일—옮긴이)도, 크리스마스도, 유월절도, 부활절 파티도 그들과 같이 보냈고 그들의 외로움을 나누었습니다. 정신병학—사실은 미리 배웠어야 할 이론적 학문—에 대해 아는 것이 많지 않았고 그들의 언어를 거의 이해하지도 못했지만 우리는 서로를 좋아했고 서로를 많이 아꼈습니다.

저는 그들의 말에 귀를 기울였습니다. 말의 내용이 아니라 말이 아닌 말, 그들의 상징적 언어에 귀를 기울였습니다. 그리고 그들의 마음을 건드리고, 그들을 사람처럼 행동하고 바깥 세상에 반응하도록 만드는 것이 단 두 가지라는 사실을 깨닫게 되었지요. 건강에는 해롭지만 너무나 인간적인, 담배와 코카콜라였습니다.

담배와 코카콜라를 받을 때에만 그들은 인간처럼 반응했습니다. 그들 대부분이 20년 동안, 아니 그 이상을 병원에 갇혀 있었습니다. 가축보다 못한 상황에서 말이지요.

그래서 저는 그들에게서 담배와 코카콜라를 뺏자고 마음먹었습니다. 그런 결정을 내릴 수밖에 없었습니다. 물론 제가 마음이 여리다 보니 쉽지는 않았습니다. 하지만 자존감을 배우려면, 자존심과 품위를 되찾아 다시 인간이 되고 싶다면 그에 상당하는 **노력**이 있어야만 한다고 그들에게 말했습니다.

일주일이 지나자 지금껏 그 무엇에도 반응하지 않던 사람들이 완전히 달라졌습니다. 머리를 잘 빗고 신발을 신고 줄을 서서 작업 치료를 받았습니다. 병원에서 허락하는 작은 호사, 담배와 코카콜라를 받기 위해서 말입니다.

그것 말고도 저는 환자들과 그런 식의 간단한 프로그램들을 많이 진행했습니다. 제가 그 사람들의 심중을 꿰뚫어 보았던 것이지요. 어린 시절의 경험 탓에 저는 모든 것을 다 가졌지만 사실 아무것도 가지지 못한 마음이 어떤 건지 누구보다 잘 알았습니다. 유복한 가정에서 자라 물질적으로는 부족한 것이 없었고 부모님께 사랑도 많이 받았지만 그럼에도 제 마음은 그 입원 환자들처럼 무척 가난했습니다. 제가 하나의 인간이라는 사실을, 세쌍둥이가 아니라 세상에 단 하나밖에 없는 아주 특별한 인간으로 존재한다는 사실을 그 누구도 인정하지 않았으니까요.

저는 그들을 17호 정신분열증이나 53호 조울증이 아니라 이름으로 불렀습니다. 그들의 기호를 알았고 그들이 무엇을 좋아하고 무엇을 싫어하는지 알았습니다. 그러자 점차 그들도 내게 반응하기 시작했습니다.

2년 후 희망이 없다던 이 환자들의 94퍼센트가 퇴원을 했습니다. 보살핌을 받거나 감시를 받아야 하는 시설이 아니라 뉴욕시에서 자립적으로 살 수 있게 되었습니다. 저는 우리의 작업에 엄청난 자부심을 느꼈습니다.

이 환자들이 제게 준 가장 큰 선물은 향정신성 약품과 전기충격 치료보다 더 나은 것이, 의학 전체보다 더 나은 것이 존재한다는 가르침이었습니다. 진정한 사랑과 보살핌이 사람을 도울 수 있으며, 많은 사람을, 정말로 많은 사람을 건강하게 만들 수 있다는 깨달음이었습니다.

그러니까 제가 하고자 하는 말은 지식은 유익할 수 있지만 지식 하나만으로는 그 누구도 도와줄 수 없다는 것입니다. **모든 것**을, 머리**와** 심장**과** 영혼을 모두 쏟아붓지 않으면 단 한 사람도 **진정으로** 도와줄 수 없습니다.

정신질환자이건 지적장애 아동이건, 임종을 앞둔 환자이건, 환자들과 일하는 내내 저는 이 환자들 각자의 삶이 다 의미가 있다는 사실을 배웠습니다. 이 사람들도 우리한테서 배우고 우리의 도움을 받지만 우리 역시 그들로부터 많은 것을 배울 수 있습니다. 아직 말도 못하는 생후 6개월의 지적장애 아동에게서도, 처음 만났을 때 짐승처럼 행동하며 나을 희망이라고는 보이지 않는 정신질환자에게서도 정말로 많은 것을 배울 수 있지요.

죽음을 앞둔 사람들의
상징적 언어

저의 환자들이 제게 준 두 번째 선물은 또 하나의 언어였습니다. 그들 덕분에 전 어쩔 수 없이 그 언어를 배웠습니다. 그리고 그 언어를 몰랐다면 아마 죽음을 앞둔 아이들과도 소통할 수 없었을 것입니다. 그것은 상징적 언어로, 어려움에 처한 전 세계 사람들이 사용하는 보편적 언어입니다.

여러분이 '자연스럽게' 성장하셨다고 전제해보겠습니다. 그러니까 정상적으로가 아니라 자연스럽게 말입니다. 정상적이란 '완벽하게 부자연스럽다'는 뜻이니까요. 그랬다면 여러분은 생사를 다룬 책을 굳이 읽지 않더라도 임종을 앞둔 사람들과 일할 수 있을 겁니다. 그랬다면 여러분은 제가 맨해튼의 그 병원에서 배운 가르침을 이미 알고 있을 테니까요.

저는 늘 ―사실은 진짜 진심이기에 반은 농담 삼아― 말합니다. 지상에 남은 유일하게 정직한 인간은 정신질환자와 어린아이, 임종을 앞둔 사람이라고요. 여러분이 그 사람들을 '이용한다면' ―여기서 '이용한다'는 말은 긍정적인 의미입니다― 진정으로 그들의 말을 경청한다면 그들에게서 상징적 언어가 무엇인지 배우게 될 것입니다.

고통으로 힘든 사람들, 쇼크 상태의 사람들, 몸과 마음이 완전히 굳어버린 사람들, 이해할 수도 납득할 수도 없는 비극을 겪고 큰 충격에 빠진 사람들은 이런 언어를 사용합니다. 죽음을 앞둔 아이들, 자신이 곧 죽을 것이라는 사실을 아는 아이들은 배운 적 없어도 이런 언어를 쓸 줄 압니다. 상징적 언어는 전 세계 모든 사람들이 사용하는 보편적 언어입니다.

다섯 살이건 쉰다섯 살이건 죽음을 앞둔 사람들은 모두가 자신의 죽음을 압니다. 그러니 '그에게 죽음을 알려야 하나?' 하고 고민할 필요가 없습니다. '그의 말을 들어줄 수 있을까?' 하고 고민해야 합니다.

환자가 당신에게 이렇게 말했다고 칩시다. "7월 너의 생일에 난 없을 거야." 그럼 그 말을 가만히 귀 기울여 들어주기만 하면 됩니다. "그런 말 하지 마. 없기는 왜 없어? 당연히 있지." 억지로 그런 말을 할 필요가 없습니다. 그런 말은 환자와 여러분의 소통을 중단시킬 뿐입니다. 당신이 아직 들어줄 마음의 준비가 되지 않았다는 사실을 환자가 깨달을 테니 말입니다. 당신의 그런 대답은 환자의 입을 틀어막을 것이고 환자에게 아무도 곁에 없다는 쓸쓸한 기분을 불러일으킬 것입니다.

하지만 당신이 죽음을 문제없이 받아들이고 환자가 자신의 죽음을 잘 알고 있다는 사실을 편안한 마음으로 직시할 수 있다면 환자와 마주앉아 환자의 손을 잡고 물을 수 있을 겁니다. "할머니, 제가 뭘 해드릴까요?"

아파 누워 계신 할머니를 찾아간 손녀의 이야기를 들은 적이 있습니다. 할머니가 손가락에서 반지를 빼서 아무 말 없이 손녀의 손가락에 끼워주셨지요. 바로 이것이 비언어적 상징 언어입니다. 할머니는 무작정 손녀의 손가락에 반지를 끼우셨습니다. 손녀는 우리가 흔히 하듯 "할머니, 하지 마세요. 할머니 이 반지 좋아하시잖아요. 그냥 끼고 계세요."라고 말하지 않았습니다. 그저 이렇게 물었지요. "제가 이 반지를 받았으면 좋겠어요?" 그러자 할머니는 이렇게 하셨지요. (엘리자베스가 고개를 끄덕인다.) 손녀는 자기도 모르게 "왜……" 하고 물으려다 곧바로 입을 다물었답니다. "크리스마스까지 기다렸다가 주시면 될 것을 왜 지금 주세요?" 이렇게 묻고 싶었지만 문득 깨달았거든요. 할머니는 크리스마스에는 여기 없을 것이고, 그 사실을 할머니도 아신다는 것을 말입니다.

할머니는 크리스마스를 이틀 앞두고 돌아가셨습니다. 할머니는 그날 손녀에게 반지를 줄 수 있어서 너무 행복했을 겁니다. 이것이 비언어적 상징 언어입니다.

하지만 환자들은 자기 심정을 잘 **터놓지** 않습니다. 여러분의 불안을 느끼기 때문이지요. 그래서 날씨 이야기를 합니다. 날씨에 관심이 있어서가 아니라 여러분의 불안을 알기 때문에 안 그래도 불안한 여러분을 자신의 불안과 문제로 괴롭히고 싶지 않기 때문입니다. 공연히 여러분의 불안을 더 키웠다가 여러분이 가버릴까 봐, 두 번 다시 오지 않을까 봐 걱정되기 때문입니다.

자신의 불치병이나 비극을 알리려는 사람들은 보통 세 가지 언어를 사용합니다. 그중 한 가지를 스웨덴에선 그냥 스웨덴어라고 부를 겁니다. "내가 암인 거 알아. 살아서는 이 병원을 못 나가겠지."라고 말하는 환자에게는 가만히 귀 기울여 들어주고 도와주고 같이 이야기를 나눌 수 있을 겁니다. 자기 쪽에서 먼저 대화를 시작하고 굳이 돌리지 않고 솔직하게 사실을 말하니까 대하기가 쉬울 겁니다.

이런 환자는 우리의 도움이 필요 없습니다. 매우 담담하게 자신의 암과 죽음을 입에 올릴 수 있는 환자는 죽음이라는 최고의 두려움을 이미 이겨냈기에 오히려 **여러분을** 도와줄 것입니다. 여러분은 인정하지 않을지 몰라도 이런 환자들은 **여러분을** 치료할 것이고 여러분**에게** 선물이 될 것입니다. 하지만 오늘 저녁엔 이 사람들에 대한 이야기는 하지 않을 것입니다.

우리의 도움이 필요한 사람들, 절망의 구렁텅이에서 우리의 손길을 애타게 기다리는 사람들은 충격과 마비의 단계에 있는 사람들입니다. 인생의 폭풍을 미처 예상치 못한 사람들, 평생 보호받으며 편히 살았던 사람들, 원하는 것은 무엇이든 다 가졌던 사람들, 부모가 나서서 힘든 일을 다 막아주었던 사람들입니다. 흔히 하는 말로 온실 속 화초처럼 자란 사람들이지요.

이들도 살다 보면 언젠가는 폭풍을 만날 테지만 미처 준비를 하지 못했겠지요. 6개월 만에 자식들을 차례차례 각기 다른 암으로 모두 잃어버리고 둘만 남은 그 부부처럼 말이지요. 두 사람은 너무나 고통스러워했습니다. 이런 고난이 왜 닥쳤는지 이해할 수 없었기에 자신들의 불행을 이야기하지도 못했습니다. 그래서 상징적 언어로 도망치려고 했습니다. 오늘 저녁 여러분께 진심으로 부탁드립니다. 그 언어를 배우세요. 그래야 그런 상황에 처한 사람들이 무슨 말을 하는지 들을 수가 있습니다.

상징적 언어는 두 가지 종류가 있습니다. 언어적 상징 언어와 비언어적 상징 언어입니다. 둘 다 보편적이어서 전 세계 어디서나 사용됩니다. 일단 이 —특히 아이들은 거의 빠짐없이 사용하는— 언어를 이해하고 나면 상대의 생각과 기분을 추측할 필요가 없습니다. 죽음을 앞둔 사람은 어른 아이 할 것 없이 모두가 —항상 의식하는 것은 아니어도 어쨌든 무의식적으로는— 자신의 죽음을 알고 있다는 사실을 깨닫게 될 것입니다. 그래야 상대가 여러분에게 말을 꺼낼 수 있을 겁니다. 아직 무슨 **할 말**이 남았는지, 아직 마무리 짓지 못한 일이 무엇이며, 평화로운 죽음을 가로막는 것이 무엇인지 털어놓을 수 있을 겁니다.

여러분도 비유가 무엇인지 아실 겁니다. 예수님은 비유에 능하셨지요. 최대한 많은 사람에게 자신의 교리를 전하고 싶었지만 사람들은 아직 예수님의 말씀을 받아들일 준비가 되어 있지 않았습니다. 그래서 비유를 생각해냈지요. 그럼 들을 준비가 된 사람들은 자신의 말을 이해할 테니까요. 물론 준비가 안 된 사람들은 2000년이 지난 지금도 하릴없이 머리만 긁적일 테지만요. (청중석에서 웃음) 어쨌든 죽어가는 저의 아이들도 여러분에게 말을 걸 때 바로 그 언어를 사용합니다.

그 아이들은 대화 상대를 아주 신중하게 고릅니다. 그렇게 고른 상대가 간호사일 수도 있고, 또 자신을 이해할 것 같은 다른 사람일 수도 있습니다. 서너 살의 아이들은 여러분의 속을 들여다봅니다. 여러분의 심장을 꿰뚫어 보기 때문에 여러분이 자신의 말을 들어줄 수 있을 만큼 마음이 활짝 열렸는지, 아니면 "애들은 그런 거 말해도 몰라. 쓸데없는 소리야." 같은 말로 자신의 입을 틀어막을지 바로 알아볼 수 있습니다.

이 아이들은 비유의 언어와 무척 닮은 상징적 언어를 사용합니다. 여러분이 무슨 말인지 못 알아들었으면서 알아들은 척하면 아이들은 금방 알아차리고 여러분을 거짓말쟁이 취급할 것입니다. 그러므로 어떤 아이가 여러분에게 무슨 말인가 하려는데 경험이 부족해서 이해하지 못하겠다면 그냥 이렇게 말하면 됩니다. "나한테 무슨 말이 하고 싶은가 본데 내가 제대로 알아들었는지 모르겠구나. 한 번 더 말해줄래?" 그럼 상대는 두 번이고 세 번이고 네 번이고 여러분이 알아들을 때까지 되풀이할 겁니다.

대부분은 한 번만 가정 방문을 해봐도 충분합니다. 환자와 가족이 미처 마무리 짓지 못한 일이 무엇인지, 환자를 괴롭히는 것이 무엇인지 알아내도록 도움―진단이라고 말할 수도 있겠지요―을 줄 수 있을 겁니다. 환자가 문제를 해결하여 두려움과 고통을 느끼지 않고 평화롭게 밝은 마음으로 죽음을 기다릴 수 있도록 도와줄 수 있을 겁니다.

환자가 상징적 언어를 사용할 경우 그것은 여러분을 시험한다는 뜻입니다. 여러분이 필요한 것을 줄 준비가 되어 있는지 보려는 것입니다. 어린아이들은 거의 비언어적 상징 언어만 사용합니다. 그 중에서 가장 간단하고 유익한 방법이 그림입니다.

런던 융 학파의 정신분석가인 수잔 바흐Susan Bach는 아이들이 즉흥적으로 그린 그림을 해석하는 방법을 개발하였습니다. 그녀는 취리히의 한 병원에서 아동 치료를 담당했는데, 그 병원은 저도 15년 동안 일했던 곳입니다. 수잔은 뇌종양을 앓는 아이들에게 즉흥적으로 그림을 그려보라고 했습니다. 그 그림을 통해 아이들이 자기 병을 알고 있고, 심지어 머리의 어느 부위에 암이 있는지도 안다는 사실을 알 수 있었습니다.

그림을 제대로 분석할 수 있게 되자 아이들이 자기 몸에서 **무슨** 일이 일어나고 있는지는 당연히 알고 있고 자신들이 **어떻게, 언제**

죽을 것인지도 매우 정확히 알고 있다는 사실을 확인하였던 것이지요.

백혈병, 암, 혹은 다른 질환을 앓는 아이들이 곁에 있다면 그 아이들에게 그림을 그려보라고 부탁하세요. 아이들은 그림을 통해 자신이 병에 대해 내면적으로, 무의식적으로 알고 있는 사실을 말해줄 것입니다. 또 우리 어른들은 그런 비언어적 상징 언어를 이용해 아이들이 편하게 삶을 정리하도록 도와줄 수 있을 것이고, 그럼 아이들은 엄마 아빠가 다가올 자신의 죽음을 받아들이도록 도울 수 있을 겁니다.

여러분 중에는 저의 책《안녕이라고 말하는 그 순간까지 진정으로 살아 있어라》를 읽어보신 분이 계실 겁니다. 읽어보셨다면 다섯 살 제이미가 그린 그림도 보셨을 겁니다. 보라색 풍선이 하늘로 날아오르고 있지요. 보라색은 영성의 색입니다. 제이미는 가까운 미래에 자신이 영혼이 되어 하늘을 여행할 것이라고 죽음관을 말하고 있었지요.

가족을 잃은
아이들

(청중이 질문을 던진다. "부모를 잃은 아이들이 어떻게 반응하는지 알고 싶습니다.") 아이들이 부모의 죽음에 어떤 반응을 보일지는 그전에 어떻게 성장했느냐에 달려 있습니다. 부모가 죽음을 두려워하지 않았다면, 또 아이를 '과보호'하지 않아서 반려동물이나 할머니의 죽음에 대해 함께 이야기를 나누었다면, 병석에 누운 부모를 아이가 집에서 간병할 수 있었고 장례식에도 참석하였다면 아무 문제가 없을 겁니다.

우리가 죽음은 집에서 맞이하는 것이 좋다고 생각하는 이유도 바로 그것입니다. 그럼 막내는 엄마가 듣고 싶다고 할 때마다 엄마가 좋아하는 음악을 틀어줄 수 있을 겁니다. 둘째는 엄마에게 평소 즐겨 마시던 차를 타줄 수 있을 것이고, 셋째는 또 다른 일을 맡을 수 있을 겁니다. 이런 식으로 아이들이 임종을 앞둔 엄마나 아빠의 간병에 직접 **참여**할 수 있습니다. 설사 엄마가 말을 못하게 되고 의식을 잃는다고 해도 아이는 여전히 엄마를 만질 수 있고 쓰다듬을 수 있고 꼭 붙들 수 있습니다.

그런 경우엔 아이들에게 엄마가 애벌레처럼 고치 속에 들어가 있지만 아직 살아 있고 그들이 하는 말을 다 들을 수 있다고 설명해줄 수 있습니다. 엄마는 음악도 들을 수 있지만 다만 이야기를 나누거나 반응을 할 수는 없다고 말입니다. 이 과정에 아이들을 참여시킨다면 아이들은 상상할 수도 없을 만큼 멋진 인생 경험을 할 것입니다.

하지만 엄마가 병실이나 중환자실에 누워 있다면 아이들은 아마 ―특히 아이들이 병원에 들어갈 수 없는 미국의 경우― 끔찍한 악몽을 꾸게 될 겁니다. 엄마가 병원에서 끔찍한 일을 당할 것이라고 혼자서 제멋대로 상상할 테니까요. 그런 데다 장례식에까지 참석하지 못한다면 한없는 공포를 키울 것이고 결국 엄마의 죽음은 해결되지도 극복되지도 못한 채 아이의 마음을 짓누르는 무거운 돌이 될 것입니다. 아이는 아마 오래오래 그 돌에 짓눌려 힘들어할 테고요.

그래서 우리는 늘 주장합니다. **계곡에 폭풍이 들이치지 못하게**

막을 수는 있겠지만 그렇게 한다면 계곡의 아름다움을 보지 못할 것입니다. 아이들을 '과보호'해서는 안 됩니다. 우리가 평생 아이들을 지켜줄 수는 없을 테니까요. 그런 태도가 우리 자신을 지킬 수는 있을지 몰라도 아이들한테선 오히려 성장과 성숙의 기회를 앗아갈 것입니다.

죽어가는 아이들을 곁에서 동행하다 보면 그 상황을 가장 힘들어하는 사람은 아이의 형제자매인 것 같습니다. 여러분께 들려드릴 수 있는 가장 아름다운 사례는 앞서 말한 《안녕이라고 말하는 그 순간까지 진정으로 살아 있어라》에 실려 있습니다. 앞에서도 말했던 다섯 살 제이미의 경우인데요. 제이미는 뇌종양으로 세상을 떠났습니다. 우리는 아이가 집에서 떠날 수 있도록 아이를 집으로 데려갔습니다. 여덟 살 오빠에게 여동생의 간병을 허락했고요. 오빠는 학교가 끝나면 친구들에게 일을 해야 한다고 말하고 집으로 달려왔습니다. 오자마자 산소 호흡기를 켜서 여동생에게 조심스럽게 산소를 공급했습니다. 호흡기가 잘 작동한다 싶으면 안심하고 침대에서 내려갔고, 가래를 제거해야 할 것 같으면 정말 정성을 다해 조심조심 가래를 제거해주었습니다.

제이미가 세상을 떴을 때 오빠에겐 별도의 애도 작업이 필요치 않았습니다. 그저 동생을 다시 못 본다는 사실에 슬퍼했을 뿐이죠.

오빠와 죽어가는 여동생의 사진이 실린 책이 나왔을 때 전 그 집을 찾아가서 아이에게 책을 보여주었습니다. 아이가 어떤 반응을 보일까 무척 궁금했거든요. 처음 아이는 자기 사진만 열심히 들여다보았습니다. 우리도 다른 사람 사진도 보는 척하지만 사실은 자기 사진만 보잖아요. (웃음) 자기 사진을 실컷 보더니 그다음에야 여동생 이야기가 나오는 부분으로 넘겼지요.

책을 다 살펴본 아이의 반응은 정말 멋졌습니다. "책이 나와서 정말 좋아요. 이제 친구들이 동생을 잃으면 **제** 책을 보고 어떻게 해야 할지 알 수 있을 거예요." 여덟 살 소년은 큰 숙제를 해치웠다는 기분이었고 스스로를 자랑스러워했습니다. 형제자매를 떠나보낸 많은 아이들과 달리 결코 홀대받았다거나 거부당했다는 기분이 아니었습니다.

아이를 둔 엄마나 아빠가 죽음을 앞두고 있을 경우 자주 우리에게 묻습니다. "아이들을 어쩔까요? 어떻게 준비를 시켜야 할까요?" 그럼 우리는 이렇게 조언합니다. "아이들에게 당신의 그림을 그리게 하세요." 그 그림을 보면 아이들이 엄마나 아빠의 죽음을 얼마나 많이 알고 있는지 절로 알게 될 것입니다. 아름다운 사례를 하나 들려드리지요.

"엄마는 이제 곧
나비가 될 거야."

어느 날 초등학교 선생님한테 전화를 받았습니다. 1학년 담임을 맡고 있는데 입학할 무렵에는 잘 따라오던 여자아이 하나가 갑자기 몇 달 전부터 성적이 뚝 떨어졌다면서 걱정을 하셨죠. 그런데 아무리 살펴봐도 성적이 떨어진 이유를 모르겠더랍니다. 그래서 학생 집에 전화를 했더니 친척 아주머니가 받아서 아이 엄마가 암에 걸렸는데 2주 전에 혼수상태에 빠졌다고 알려주더랍니다. 언제 죽을지 모르는 상태라고요.

친척에게 아이들한테 —그 아이한테는 한 살 어린 여동생도 있었거든요— 엄마의 상태를 알렸냐고 물었더니 친척이 아니라고 대답했답니다. 아무도 아이들한테 말을 안 해줬고 아이 아빠도 출근 전에는 병원을 들르려고 아침 일찍 나가고 퇴근할 때는 병원에 들렀다가 늦게야 집에 들어가서 아이들을 통 못 보고 지낸다고요.

선생님이 걱정이 되어서 친척 아주머니한테 물었답니다. "일이 일어나기 전에 누구라도 아이들한테 알려야 하지 않을까요?" 그랬더니 그 아주머니가 짜증을 내면서 하고 싶으면 당신이 하라고 하더랍니다. 그런데 할 거면 얼른 하라고, 내일 죽을 수도 있으니까 얼른 하라고 말입니다. 그 아주머니는 그 말만 하고 전화를 뚝 끊어버렸는데 선생님도 막상 아이랑 말을 해보려니 한 번도 그런 대화를 나누어본 경험이 없어서 막막하더랍니다.

그래서 저한테 전화를 걸어서 도와줄 수 없냐고 물었지요. 저는 방과 후에 아이를 우리 집으로 데리고 오되 한 가지 조건을 붙였습니다. 선생님도 같이 와서 제가 어떻게 하는지 잘 지켜보라고요. 그래야 앞으로 그런 상황이 생겼을 때 혼자서도 할 수 있을 테니까요. 그날 선생님이 아이를 데리고 왔습니다.

보통 임종을 앞둔 환자의 경우 제가 환자의 집으로 찾아갑니다. 하지만 가까운 사람들은 우리 집에 오게 합니다. 경제적인 이유에서도 그게 좋으니까요. 걸을 수 있는 아이들은 부엌으로 데리고 갑니다. 우리 집에는 상담실이 없습니다. 보통 아이들은 그런 방에 들어가면 겁을 집어먹거든요. 거실로도 잘 데려가지 않습니다. 아이들하고는 부엌에서 이야기를 나눕니다. 우리 집 부엌에는 벽난

로가 있거든요. 겨울이면 기온이 영하 40도까지도 떨어지는 추운 시카고에선 벽난로 앞에 앉아 있으면 참 아늑합니다.

아이를 부엌 식탁에 앉히면 세상 모든 교육원칙을 엿 먹이는 실로 무시무시한 짓을 저지릅니다. 아이에게 콜라와 도넛을 주거든요. (청중석에서 웃음) 그건 여러분이 아이에게 줄 수 있는 제일 나쁜 음식이고 저도 의사니까 당연히 잘 압니다. 하지만 그런데도 콜라와 도넛을 주는 데에는 이유가 있습니다.

우리 집에 오는 아이들은 엄마의 상태가 어떤지 진실을 듣지 못한 아이들입니다. 그러니까 이미 어른들에 대한 신뢰를 잃어버렸겠지요. 대부분이 학교 성적도 많이 떨어졌습니다. 마음은 너무 힘이 드는데 아무도 터놓고 이야기를 안 해줍니다. 그렇게 불신에 빠진 유치원생이나 초등학교 저학년 아이들이 학교를 마치고 선생님 손에 끌려 정신과 의사의 집으로 옵니다. 그런데 그 의사가 자기한테 이상한 곡물 알갱이나 두유를 먹으라고 내놓습니다. 기분이 어떨까요? (청중석에서 웃음)

그래서 저는 아이들에게 아이가 먹고 싶어 하는 것을 줍니다. **이런 상황에서** 건강에 좋은가 안 좋은가는 전혀 중요하지 않습니다. 제 말뜻을 여러분이 이해해주셨으면 합니다. 그런 순간 아이에게 건강한 식습관을 교육시키려 한다면 그건 권위와 지위를 악용하는 겁니다. 그런데 안타깝게도 우리 어른들은 바로 그런 짓들을 많이 하고, 아이들은 —너무나 지당하게도— 우리를 싫어하겠지요.

한 1년쯤 지나서 아이들과 제가 힘든 시간을 서로 의지하면서 견디고 친구가 되고 나면 아이들은 시키지 않아도 제 말에 귀를 기울일 겁니다. 그럴 때는 아이들을 다시 부엌에 데리고 가서 함께 좀 더 몸에 좋은 빵을 굽거나 음식을 만들어 먹을 수도 있겠지요.

그래서 예전에는 항의 편지를 엄청나게 많이 받았습니다. 왜 아이들한테 이런 상황에서 콜라와 도넛을 먹이는지 설명을 하지 않았거든요. 그런 편지라면 지금까지 받은 것만 해도 충분합니다. (청중석에서 웃음)

전 아이를 식탁에 앉히고 도넛을 먹고 콜라를 마시면서 그림을 그려달라고 부탁합니다. 아이에게 크레파스를 건네고 2분만 지나도 아이가 다 알고 있다는 것을 깨닫게 되지요. 그럼 터놓고 이야기를 할 수 있고 30분쯤 지나면 아이는 집으로 돌아가 잘 지낼 수 있게 됩니다. 이게 비결의 전부입니다.

아까 말한 그 초등학교 1학년 여자아이는 이름이 로리였는데 정말로 멋진 그림을 그렸습니다. 깡마른 사람인데 다리가 완전히 기형이었습니다. 빨간색이었는데 빨강은 항상 위험의 색깔이지요. 그 옆에 인디언 문양 같은 것을 그렸는데 그리다 말고 짜증을 내면서 마구 줄을 그어 그림을 망쳐버렸습니다. 이번에도 빨간 크레파스였습니다. 분노와 고통의 색깔이지요.

다리가 완전히 뒤틀린 깡마른 형체를 보고 제가 아이에게 먼저 말을 걸었습니다. "엄마니? 궁금하네." 아이는 퉁명스럽게 대답했죠. "네."

"엄마가 저런 다리로는 걷기가 힘들 텐데." 아이는 나를 살피듯 빤히 쳐다보더니 대답했지요. "엄마 다리가 너무 아파서 이제 두 번 다시 우리랑 공원에 못 갈 거예요."

그 순간 선생님이 끼어들었습니다. 선생님들은 꼭 그러거든요. (청중석에서 웃음) "로스 박사님, 그렇지 않아요. 아이 엄마는 온몸에 암이 전이되었는데 딱 한 곳, 다리만 전이가 안 되었거든요." 제가 대답했죠. "감사합니다. 선생님. 하지만 전 **선생님의** 현실에는 관심이 없어요. 아이의 현실을 알고 싶어요." 선생님은 제 말을 알아들었습니다.

그런데 제가 그만 실수를 했습니다. 다시 아이한테 몸을 돌려 이렇게 말했던 거지요. "로리, 엄마 다리가 정말로 아프구나." 그랬더니 아이가 진짜로 짜증스럽고 초초한 말투로 대답했습니다. "**말했잖아요.** 엄마 다리가 너무 아파서 이제 두 번 다시 우리랑 공원에 못 갈 거라고요." 아이 말이 "내 말 안 들었어?"라고 야단치는 것 같았지요.

저는 아이에게 이상한 인디언 문양에 대해 물었지만 아이는 말을 하지 않으려고 했습니다.

이런 식으로 아이들이랑 상담을 할 때는 몇 가지 트릭이 있습니다. 시도와 실수를 통해 여러분도 배울 수 있을 겁니다. 아이한테서 진실을 듣고 싶으면 자꾸 틀린 말만 하면 됩니다. 그럼 아이가 멍청한 어른의 대답에 신물이 나서 결국 정답을 들려주지요. (청중석에서 웃음)

하지만 절대 잊지 마세요. 아이들을 속일 수는 없습니다. 제가 그 문양의 의미를 알면서도 모르는 척했다면 로리는 금방 제 속셈을 꿰뚫어 보았을 겁니다. 하지만 정말로 전 그 문양의 의미를 몰랐습니다. 제 나름대로 해석해서 이런저런 추측을 말해보았지만 다 틀렸습니다. 결국 로리가 또 정말로 짜증이 나서 이렇게 말했죠. "아니에요. 식탁이 넘어진 거예요." 저는 물었습니다. "식탁이 넘어져?" 아이가 대답했죠. "네, 엄마는 이제 두 번 다시 우리랑 식탁에 앉아서 밥을 먹지 못할 거예요."

아이가 3분 동안 세 번이나 "두 번 다시"라는 말을 한다면 그건 다 안다는 소리겠지요. 그래서 저는 상징적 언어를 버리고 일상 언어로 돌아갔습니다. 아이에게 말했죠. "엄마가 두 번 다시 식탁에서 밥을 먹지 못하고 두 번 다시 공원에 가지 못한다고 했지. 엄마가 다시 건강해지지 못한다는 말로 들리는구나. 엄마가 돌아가실 거라는 말로 들려." 아이가 대답했죠. "네." 아이 얼굴에 이렇게 쓰여 있더군요. "그거 알아내는 데 정말 오래 걸리셨네요." (청중석에서 웃음)

제가 하고 싶은 말은 이것입니다. "**여러분**이 **아이들에게** 말을 하는 게 아닙니다. 항상 **여러분에게** 말을 하는 쪽은 **아이들**입니다. 여러분이 아이들의 언어를 이해한다면요."

전 로리에게 물었습니다. 엄마가 돌아가시면 어떻게 되냐고요. 아이는 곧바로 대답했습니다. "엄마는 하늘나라로 갈 거예요." 그래서 제가 물었죠. "그럼 어떻게 되는데?" 아이는 입을 꽉 다물고

뒷걸음질을 하더니 무뚝뚝하게 대답했습니다. "몰라요."

자, 여러분도 2분만 미국인이 되어봅시다. 수줍어하지 말고 미국 사람들처럼 자신 있게 대답해봅시다. (청중석에서 웃음) 곧 엄마를 잃을 아이와 단 둘이 있다면 여러분은 과연 무슨 말을 하실 건가요? "엄마는 하늘나라로 가실 거야." 이렇게 말하시겠다는 분은 손을 한번 들어보세요. (청중석이 조용하다.)

정직하게 손을 들어보세요. (기침소리. 어색한 침묵이 감돈다.)

두 분이 손을 드셨군요. 이 많은 사람들 중에 정말로 단 두 분만 그런 반응을 보일 것 같으세요? (웃음소리와 기침소리) 정말 그렇게 생각하시나요?

이틀 후 엄마를 잃을 두 아이가 여러분에게 묻습니다. "엄마가 죽으면 어떻게 되나요?" "엄마는 하늘나라로 가실 거다." 이렇게 대답하실 분은 손을 들어주세요. (웅성웅성)

이제 서른 분 정도 손을 드셨군요. 앞으로 열 번 더 같은 질문을 하면 서서히 정답에 접근할 것 같습니다. (웃음) 제가 이런 말을 하는 이유는 여러분이 깨닫기를 바라기 때문입니다. 세계 어디서나 똑같습니다.

아이에게 절대로 "엄마는 하늘나라로 가실 거야."라고 대답하지 않으실 분이 계십니까? (짧은 침묵. 아무도 손을 들지 않는다. 웃음) 이게 진짜 숫자입니다. 어디를 가나 거의 그렇습니다.

여러분에게 꼭 이 말씀을 드리고 싶은 이유는 대부분의 사람들이 그렇게 혹은 그 비슷하게 대답할 것이기 때문입니다. 사람들 많은 데서 잘못 말했다가 창피라도 당할까 봐 겁낼 필요가 없다면, 정말로 정직하게 대답을 한다면 아마 대부분의 사람들이 그렇게 말할 것이라고 고백할 겁니다. 어른들이 아이들에게 제일 많이 하는 말이거든요. 그런 대답은 엄마가 죽어서 좋은 곳에 갈 것이라는, 고통도 괴로움도 없는 좋은 곳에 갈 거라는 의미를 담고 있습니다. 그래서 어른들이 그런 말을 하는 겁니다. 하지만 그 말을 **동시에** 이런 의미를 담고 있지요. "조용히 해. 질문은 그만하고 나가 놀아." 인정하고 싶지 않겠지만 사실입니다.

우리 어른들은 아이들에게 "엄마는 고통도 괴로움도 없는 좋은 곳에 가실 거야."라고 말하면서 아이들이 그 말을 진심으로 믿기를 바랍니다. 하지만 다음 날 엄마가 진짜로 숨을 거두면 그 어른들이 엉엉 울기 시작합니다. 무슨 끔찍한 일이라도 일어난 것처럼 행동합니다. 이제 왜 우리 아이들이 우리를 믿지 않는지 아시겠어요?

로리의 경우도 그게 제일 큰 문제였던 것 같습니다. 그래서 전 아이에게 이렇게 말했지요. "나는 하늘나라 이야기는 안 할 거야. 지금 이 순간 엄마에게 무슨 일이 일어나고 있는지 네가 아는 게 정말 중요하다고 생각하거든. 엄마는 지금 혼수상태란다. 혼수상태란 엄마가 고치를 짓고 그 안에 들어가 있는 것 같은 상태야. 지금 엄마는 죽은 사람 같을 거야. 널 안아줄 수도 없고 너랑 이야기를 할 수도 없고 물어도 대답을 하시지도 않아. 하지만 네가 하는 말을 다 **듣고** 계셔. 이제 곧 하루나 이틀 후에 엄마는 나비하고 아주 비슷한 일을 겪으실 거야. 때가 되면 고치가 열리면서 나비가 그 안에서 빠져나오는 것과 비슷한 일이 벌어지거든." 이것이 언어적 상징 언어입니다.

우리는 나비와 고치에 대해 이야기를 나누었습니다. 로리는 엄마에 대해 많은 질문을 했고 저는 로리의 엄마가 입원 중인 병원 의사에게 한 번만 규칙을 어겨달라고 부탁을 했습니다. 미국 병원에서는 절대로 아이들을 병원에 들여보내주지 않거든요. 우리는 정말로 마음씨 좋은 의사한테 전화를 해서 두 아이를 몰래 병원에 들여보내주겠다는 약속을 받아냈습니다.

저는 두 아이에게 엄마한테 가서 엄마가 돌아가시기 전에 할 말을 다 하고 싶냐고 물었습니다. 아이들은 화난 표정으로 대꾸했지요. "못 들어가게 해요." 그래서 제가 대답했죠. "그럼 우리 내기 할까?" 이렇게 하기 때문에 애들하고 내기를 하면 제가 백전백승이랍니다.

죽은 다음 관을 꽃으로 치장하기보다는 살아생전 꽃다발을 안겨주는 것이 훨씬 낫습니다. 음악을 좋아하는 사람이면 이런 순간엔 음악을 들려줄 수 있어야 합니다. 그래서 나는 아이들에게 엄마가 좋아하는 음악이 있냐고 물어봤습니다. 존 덴버의 노래를 좋아한다더군요. 그래서 우리는 아이들에게 존 덴버의 노래를 녹음한 카세트테이프를 들려주었습니다.

로리와의 상담은 45분가량 걸렸습니다. 그 시간이 믿을 수 없는 결과를 낳았습니다. 다음 날 로리의 담임 선생님이 전화를 하셨습니다. 전화기를 붙들고 엉엉 울면서 지금까지 살면서 가장 감동적인 문병이었다고 말씀하셨습니다.

선생님이 병실 문을 열었을 때 아이들의 엄마는 혼수상태였습니다. 아빠는 침대 멀찍이 혼자 앉아 있었고요. 정말이지 외롭고 쓸쓸한 광경이었죠.

그 순간 두 아이가 바람처럼 달려 들어가 신나게 엄마 침대를 향해 뛰어갔습니다. 슬프다거나 불행한 기색이라고는 찾아볼 수 없었죠. 아이들은 엄마에게 엄마는 우리를 안아줄 수 없지만 우리가 하는 말은 다 들을 수 있다고, 이제 곧 하루나 이틀 뒤에 나비가 될 것이라고 말했습니다.

당연히 아빠는 울음을 터트렸죠. 하지만 곧 울음을 그치고 아이들을 꼭 끌어안았고 아이들과 이야기를 나누었습니다. 가족에게 시간을 주고 싶어서 선생님은 슬쩍 자리를 피해주었고요.

미국 학교 수업 시간에는 '쇼 앤 텔'이라는 특별한 시간이 있습니다. 의미 있는 물건을 학교에 가져와서 친구들 앞에서 설명을 하는 겁니다.

다음 날 로리가 손을 들고 앞에 나가 소개를 하겠다고 했습니다. 로리는 앞으로 걸어가서 칠판에 고치와 고치를 빠져나오는 나비를 그렸습니다. 그리고 반 친구들에게 엄마의 병실에 갔던 이야기를 털어놓았습니다. 초등학교 1학년 아이가 또래의 아이들을 상대로 죽음에 대해 강연을 하는 것 같았습니다. 그 시간 내내 선생님 혼자만 훌쩍훌쩍 울었습니다.

반 친구들은 로리의 이야기를 열린 마음으로 받아들였고 자신들이 경험한 죽음을 이야기했습니다. 대부분은 반려견의 죽음이었지만 할아버지나 할머니의 죽음도 있었습니다.

엄마와 함께 보낸 그 짧은 시간 덕분에 아이들은 반 친구들 앞에서 자기 이야기를 털어놓을 수 있게 되었던 겁니다.

그게 다가 아닙니다. 여러분에게 하고 싶은 이야기는 더 있습니다. 여러분이 단 한 시간이라도 아이들과 함께하며 죽음의 경험을 이야기한다면 그 한 시간은 상상도 못할 큰 효과를 발휘할 것입니다. 로리와 그 한 시간을 함께 하지 않았다면 저 역시 오늘 밤 여기 스톡홀름에서 여러분에게 이런 이야기를 하지 못했을 것입니다.

1월에 스위스로 돌아오니 편지가 산더미처럼 쌓여 있었습니다. 크리스마스가 지났으니 카드도 잔뜩인데 거기에 수천 통의 편지까지 와 있었으니까요. 무슨 일이든 미루고 싶을 때 전 일단 부엌으로 들어가서 크리스마스 케이크를 만듭니다. 5월이건 8월이건 무조건 만듭니다. (청중석에서 웃음) 그래서 산더미 같은 우편물을 바라보다가 결심을 굳혔습니다. "못해. 이걸 다 어떻게 답장을 해." 이번에도 미루자고 결심했습니다. 그래서 부엌으로 방향을 틀었다가 다시 편지더미를 쳐다보았습니다. 순간 크고 노란 봉투가 눈에 들어왔습니다. 어린아이가 쓴 것 같은 큰 글씨가 적혀 있었죠. 나는 그 편지봉투를 꺼내 열었습니다. 그리고 그해에는 크리스마스 케이크를 굽지 못했습니다.

로리의 선물이었거든요. "로스 박사님, 치료비를 드리고 싶어요." 이 말을 시작으로 아이는 제게 무슨 선물을 할까 얼마나 고민했는지, 지금껏 아이들한테서 받은 선물 중에서 제일 값진 선물을 주겠다고 결심하게 된 계기가 뭔지 조잘조잘 편지에 적어놓았습니다. 로리가 보낸 선물은 엄마가 돌아가신 후 반 아이들이 로리에게 건넨 위로의 편지였습니다. 편지마다 1학년 꼬마가 그린 그림과 두서너 마디의 위로가 적혀 있었지요.

한 편지에는 이렇게 쓰여 있었습니다. "로리야, 네 엄마가 돌아가셔서 난 너무 슬퍼. 그래도 바깥의 몸만 벗은 거라고 생각해. 벗을 시간이 되었던 거야. 그럼 잘 있어." (청중석에서 웃음)

우리 어른들이 더 솔직해진다면, 죽음을 끔찍한 악몽이라 생각하지 않는다면, 그럴 때 우리는 어떤지, 어떤 기분인지 아이들에게 말해주려 노력한다면, 거리낌 없이 울고 (화가 날 땐) 화를 낸다면, 인생의 풍랑을 무조건 막으려 하지 말고 아이들과 함께 이겨낸다면 다음 세대의 아이들은 힘들이지 않고도 죽음을 마주하게 될 것입니다. 여러분께 이 말을 하고 싶었습니다.

누군가 5분이나 10분만
시간을 내주었다면

아이 곁에 앉아 관심을 기울인다면, 아이 입에서 무슨 말이 나올까
겁먹지 않는다면 아이들은 정말로 자신의 모든 것을 털어놓을 겁
니다.

몇 달 전에 샌디에이고에서 빵을 사러 제과점에 갔습니다. 쇼윈
도로 내다보니 작은 꼬마가 땅바닥에 앉아 있는 겁니다. 표정이 정
말로 어두웠지요. 도저히 그냥 두고 볼 수 없어서 밖으로 나가 무
작정 아이 옆에 앉았습니다.

30분쯤 말없이 그대로 앉아 있었습니다. 너무 가까이 다가가지

도 않았습니다. 여기(그녀가 직감의 사분면을 가리킨다.)에서 느꼈거든요. 너무 서둘러 다가가면 아이는 일어나 도망을 칠 것이라고요.

30분쯤 지난 후 제가 한마디 던졌습니다. "심하구나." 아이가 대답했죠. "네."

다시 15분이 지나고 제가 말했습니다. "정말 그렇게 심해?" 아이가 대답했습니다. "네, 그래서 집에서 도망쳤어요."

다시 15분 후 제가 말했습니다. **"그렇게 심해?"** 아이가 말없이 셔츠를 걷어 올렸습니다. 충격으로 입이 떡 벌어졌습니다. 아이의 가슴 전체에 뜨거운 다리미로 찍은 화상자국이 가득했거든요. 앞에도 뒤에도.

이 모든 것은 비언어적 상징 언어입니다. 그래서 전 들개 사냥꾼마냥 45분 동안 입을 다물고 가만히 앉아 있을 수 있습니다. 아이에게 다가가 관심을 보이면서도 동시에 아이가 저를 믿기 위해 필요한 시간을 주는 거지요.

나이가 조금 더 든 아이들은 즉흥적으로 시를 적거나 ─시도 영혼의 언어지요─ 콜라주를 만듭니다. 말로는 표현할 수 없는 것을 어른들에게 전달하려는 것이지요. 여러분이 아이들처럼 솔직해진다면 아이들의 말을 이해하지 못했을 때는 그냥 이렇게 말할 겁니다. "이해가 안 되는구나. 설명해줄래?" 그럼 아이들이 설명을 할 것입니다.

하지만 콜라주를 힐긋 쳐다보고는 속으로는 저게 뭐야, 하면서도 "잘 만들었네."라고 대충 칭찬을 한다면 여러분은 아이가 하고 싶은 말을 이해할 수 있는 기회를 놓칠 겁니다. 얼마 전 저는 믿기 힘든 실패의 사례를 우편으로 전해 받았습니다. 열다섯 살 여자 아이의 이야기였습니다.

그 소녀는 제가 본 비언어적 상징 언어 중에서 가장 슬프지만 가장 구체적인 사례입니다. 콜라주인데요, 여러분이 한 사람도 빠지지 않고 다 보았으면 좋겠습니다. 이 열다섯 살 소녀는 가족 모두에게 콜라주를 봐달라고 부탁했습니다. 심지어 청소년 센터 선생님한테까지 보여주었습니다. 하지만 아무도 신경 쓰지 않았고 시간을 내서 그림을 살펴보지 않았습니다. 단 한 사람이라도 그림을 제대로 보고 그 그림에 담긴 비언어적 상징 언어를 이해했더라면 아이는 아마 지금도 살아 있을 겁니다.

2주 동안 그림을 보여주려 애쓰다가 결국 자살하고 말았거든요.

나중에 청소년 센터 선생님이 이런 말과 함께 그 콜라주를 제게 보냈습니다. "정말로 슬픈 사례가 아닐 수 없습니다!"

제가 얼마나 슬펐는지 여러분은 아실까요? 너무나 슬픈 일입니다. 아이가 죽고 나서야 선생님은 아이의 말에 귀를 기울였고, 분노와 고통을 표현하려는 아이의 노력을 이해하게 되었으니까요.

여러분에게 그 콜라주를 자세히 설명해 드리겠습니다.

그림은 여러분이 보셔도 금방 의미를 알 수 있습니다. 정신과 의사가 아니어도 되고 굳이 '정신분석'을 할 필요도 없습니다. 몇 가지만 알고서 그냥 가만히 쳐다보기만 하면 됩니다. 그럼 우리 모

미래	현재
과거	코앞의 미래

융이 말한 그림의 사분면

두 —정말로 여기 계신 **모든 분**—의 마음이 얼마나 많은 것을 알고 있는지 깨닫게 될 것입니다. 하지만 여기엔 (엘리자베스가 자기 머리를 가리킨다.) 아주 제한된 지식이나 의식밖에는 안 들어 있지요. 말로 표현할 수 있는 것을 넘어서는 내면의 지식을 진실로 깨닫고 싶다면 이 지식을 뚫고 지나가려 노력하세요. 그래야만 다급하게 도움을 청하는 가까운 사람의 말을 진정으로 들을 수 있을 겁니다.

그런 다음 이 그림을 가만히 바라본다면, 정말로 누군가 5분이나 10분만 시간을 내어주었더라면 아이는 아마 살아 있었을 것이라고 절로 느끼게 될 것입니다.

융—다들 누군지 아실 겁니다—에 따르면 우리는 그런 그림을 볼 때 제일 먼저 **왼쪽 아래 사분면**으로 눈길을 돌린다고 합니다. 이곳은 과거를 그린 면입니다. 융 이야기가 나왔다고 해서 정신분석을 하려고 애쓰지 마세요. 그냥 거기 뭐가 있나 읽어보세요. 아이는 정말 쉽게 그려놓았습니다. 콜라주는 비언어적 상징 언어와 보통 언어의 조합입니다. 아이가 그림을 보는 사람이 확실히 이해할 수 있도록 글자까지 적어 놓았거든요. 거기 아래에는 이런 글자가 적혀 있습니다. "고통받는 아이가 도움을 바랍니다." 그리고 그림이 있지요. 무슨 그림일까요? 큰 바다입니다. 오라고 손짓하는 다정한 바다일까요? 아니죠, 절대 아닙니다. 어둡고 위협적인 물덩어리입니다. 구조선도 안 보이고 등대도 없습니다. 붙잡을 만한 것이, 보고서 방향을 찾을 만한 것이 어디에도 없습니다. 이 아이는 자신의 유년기를 이렇게 보았고 이렇게 느꼈습니다. 충격적이고 너무나 외로운 그림입니다.

이제 다음으로 **오른쪽 위 사분면**으로 넘어가봅시다. 이 면은 현재를 담는 곳이므로 그 아이가 이 콜라주를 만들 당시 어떤 심정이었으며 콜라주를 만든 바로 그날 무엇을 가장 무서워했는지를 말해줍니다. 거기에 이런 글자가 보입니다. "난 미쳤어." 아이는 미칠까 봐 겁을 냅니다. 두 번째로 큰 글자는 —우리는 그림이나 글자를 볼 때 항상 제일 큰 그림이나 글자에서 시작해서 그 다음 큰 글자로 넘어가지요— 크나큰 질문입니다. "왜?" 그 옆에는 이렇게 적혀 있습니다. "엄마와의 우정을 끝내."

하지만 이 '오늘' 면에서 가장 큰 그림은 무엇일까요? 강아지 한 마리와 갓 태어난 새끼들입니다. 가족이지요. 그다음 그림은 인형을 가슴에 꼭 끌어안은 아기입니다. 이 면에 그려진 세 가지 그림

중 제일 작은 그림은 까부는 원숭이입니다. 장난치는 원숭이는 무슨 의미일까요? 우스꽝스러운 가면 뒤로 슬픔을 숨기는 광대와 같은 것이지요. 원숭이나 광대를 보면 이 아이에 대해 어떤 결론, 어떤 예측을 내릴 수 있을까요? 까불고 장난을 칠 수 있으면 아직 기회가 있습니다. 아이는 아직 유머감각을 잃지 않았으니까요. 그러니까 아이를 도와줄 수 있었던 겁니다.

그다음 주에 아이에게 무슨 일이 일어났을까요? **오른쪽 아래 사분면**은 코앞의 미래입니다. 그 코앞의 미래에 열다섯 살 소녀에게는 어떤 일이 일어나게 될까요? 어떤 말이 적혀 있을까요? "자유를 위해 싸워." 그리고 "드디어 자유." 그리고 "힘든 선택." 아이가 그린 그림은 다음 주의 미래를 어떻게 예측하고 있을까요? 숲이 있습니다. 나무가 다 베여 나가 휑하지만 앞쪽에 아직 몇 그루 어린 나무가 남아 있습니다. 그러니까 아이는 아직 기회가 있다는 예측을 한 것입니다. 1주 전만 해서 신이 나서 까불던 원숭이는 어찌 되었을까요? 지금은 뭘 하고 있을까요? 원숭이는 장난을 멈추고 마비된 듯 가만히 앉아 있습니다. 꼼짝도 하지 않습니다.

그럼 이제 **왼쪽 위 사분면**으로 가봅시다. 죽음과 미래에 관한 생각이 담긴 곳입니다. 그러니까 이곳을 보면 아이의 마음이, 아이의 영성과 직감의 면이 현재 상황에서 빠져나갈 수 있는 탈출구를 어떻게 그렸는지를 알 수 있습니다. 무엇이 보이나요? 아이는 이미 무엇을 알았을까요? 병원이 보입니다. 병원에서 무슨 일이 일어나나요? 아기가 태어납니다. 출산의 광경이 어떤 모습인가요? 의사가 아기의 발을 잡고 아기를 들어 올립니다. 언제 신생아를 거꾸로 들어 올리나요? 아기가 울지 않을 때, 아기가 숨을 쉬지 않을 때입니다.

소녀는 콜라주를 만들 당시 이미 알았습니다. 숨을 쉬지 않는 상태로 발견되리라는 것을요. 그래도 아직 마지막 순간에 병 잘 고치는 의사가 자신을 집어 올려 생명을 되돌려주기를 바랐습니다. 그 콜라주는 이렇게 읽을 수 있습니다.

그런데 그 희망이 수포로 돌아간다면 어떻게 될까요? 두 번째로 큰 그림은 무엇인가요? 고양이 한 마리입니다. 고양이는 무슨 의미일까요? 새 삶입니다. 의사가 소녀를 되살리지 못한다 해도 어쩌면 또 한 번의 삶이 있을지 모릅니다. 인간에겐 이 한 번의 생보다 더 많은 생이 있다는 사람들의 믿음에는 한 톨의 진실이 숨어 있을지 모릅니다. 하지만 그 희망마저 이루어지지 못한다면 무엇이 남을까요? 이 콜라주는 우리에게 정말로 모든 이야기를 들려줍니다. 마지막 그림은 무엇일까요? 등대입니다. 아래 왼쪽면의 여기 아래쪽에는 큰 바다에 등대가 없습니다. 등대는 여기 위쪽에 있습니다. 등대는 빛을, 터널이 끝나면 나타나는 빛을 상징합니다.

이보다 더 구체적인 외침이 있을까요? 이 소녀의 문제는 너무나 쉽게 파악할 수 있습니다. 그런데도 아무도 그녀를 바라보지 않았고, 그것이 진짜 비극이지요. 아이가 발견되었을 때 아이는 콜라주를 안고 있었습니다. 당연히 청소년 센터 선생님은 깊은 죄책감을 느꼈지요. 시간을 내서 그림을 살피고 아이를 도와주지 못했다는 죄책감이 컸습니다. 그래서 콜라주를 제게 부치면서 앞으로 성인들을 상대로 강연을 할 때마다 이 콜라주를 보여주라고 부탁했습니다.

물론 시간이 지나면 여러분은 이 그림을 잊어버리시겠지요. 그래도 괜찮습니다. 하지만 지금은 다시 한번 그림을 봐주세요. 그리고 자살충동을 느끼거나 절망에 빠진 십 대 아이가 여러분에게 콜라주를 보여준다면 마주 앉아 질문을 던져주세요. 그럼 아이는 당신의 관심과 걱정을 무척 반가워할 것입니다.

또 한 가지 꼭 말씀드리고 싶은 것이 있습니다. 중요한 것에는 시간을 내야 합니다. 주변 사람들의 말에 귀를 기울이고, 그들이 무슨 말을 하려는지 열심히 들어주어야 합니다. 상대의 말을 이해하지 못하겠거든 "네가 무슨 말을 하고 싶은지 못 알아들었어. 다르게 표현해줄 수 있겠니?"라고 겸손하게 되물어야 합니다. 너무 겁내지 마세요. 한 번이라도 그런 대화를 나누어보면 그게 생각만큼 어렵지 않다는 것을 깨닫게 될 것입니다.

풀기 힘든
숙제

얼마 전에 불치병으로 누워 있는 열두 살 여자아이한테서 전화를
받았습니다. 집에서 임종을 할 수 있도록 우리가 애를 써서 퇴원을
시킨 아이였습니다. 저는 가능하면 모든 아이들을 집으로 돌려보
내 집에서 임종을 맞을 수 있게 합니다. 하지만 절대로 아이를 침
실이나 아이 방에 두지 못하게 합니다. 아이 방이 자주 체벌에 사
용되기 때문이지요. 이곳 스웨덴도 다르지 않을 것이라 생각합니
다. 아마 여러분도 그런 적이 있을 겁니다. 말 안 듣는 아이에게 방
에 들어가서 꼼짝도 하지 말라고 벌하고, 그러다 다시 얌전해지면

나올 수 있게 허락해본 적이 있을 겁니다. 그래서 많은 아이들이 침실이나 자기 방이라는 말을 들으면 금지, 터부, 체벌, 고립 같은 단어를 먼저 떠올립니다.

그래서 우리는 아이를 거실에 눕힙니다. 그곳에 누워 있으면 숲이나 정원, 구름이나 꽃, 새나 눈을 볼 수 있으니까요.

리즈도 거실 침대에 누워 아주 천천히 암으로 죽어가고 있었습니다. 엄마는 아이랑 말이 잘 통했지만 아빠는 아이하고 대화를 잘 못했습니다. 워낙 성격이 내성적이어서 감정 표현에 서툴렀거든요. 그래도 아빠는 아이에게 열심히 사랑을 전했습니다. 퇴근해 집에 올 때면 늘 빨간 장미를 가져다가 말없이 탁자에 놓아주었거든요. 가족은 독실한 가톨릭 신자였습니다.

아빠는 동생들(여섯 살, 열 살, 열한 살)에게 리즈의 죽음을 알려서는 안 된다고 고집을 부렸습니다. 제 생각은 달랐습니다. 제가 계속 설득을 하자 결국 아빠는 아이들이 학교에서 돌아오면 저와 대화를 나누고 그림을 그리게 하겠노라 허락을 했습니다.

아이들은 그림을 그렸고 누가 봐도 다 알고 있었습니다. 상징 언어에서 보통 언어로 제일 먼저 건너온 아이는 역시 여섯 살 막내였습니다. "맞아요. 누나는 죽을 거예요." 저는 대답했습니다. "피터, 누나가 내일이든 모레든 죽을 수 있다는 것을 아는구나. 누나한테 꼭 하고 싶은 말이 있으면 지금 하렴. 너무 늦지 않게. 하고 나면 훨씬 기분이 좋아질 거야." 아이가 말했죠. "누나한테 사랑한다고 해야 해요?" 저는 대답했습니다. "아니, 그러지 않아도 돼. 그렇게 말하면 거짓말일 테니까. 내가 보니까 기분이 많이 나쁜 것 같은데."

그 말에 아이가 폭발했습니다. "네. 지겨워요. 누나가 얼른 죽었으면 좋겠어요." 제가 말했습니다. "그래, 누나가 너무 오래 아프긴 했지. 그래도 왜 그렇게 초조해하니?" 아이가 대답했어요. "누나 때문에 텔레비전도 못 보고 문도 살살 닫아야 하고 친구들을 집에 데리고 올 수도 없잖아요." 여섯 살 아이니까 그런 반응이 너무나 자연스럽지요. 제가 할 일은 아이가 분노를 표현할 수 있게, 속마음을 다 털어놓을 수 있게 도와주는 것이었습니다.

저는 아이들에게 말했죠. 세상 모든 아이들이 너희랑 똑같은 기분일 거라고, 하지만 용기를 내서 고백하는 사람은 아주 적다고. 우리는 모여 앉았고 아이들은 돌아가며 정말로 용감하게 하고 싶은 말을 다 했습니다. 조금도 숨기지 않고 마음에 있는 말을 모조리 다 털어놓았습니다. 정말로 멋진 시간이었지요.

마지막으로 제가 피터에게 말했습니다. "피터는 그 마음을 누나한테도 말할 수 있는 정직한 사람일까?" 하지만 이미 어른들의 영향을 너무 많이 받은 탓에 아이는 이렇게 말했습니다. "그런 말은 하면 안 돼요." 저는 말했습니다. "네 기분과 네 생각을 누나가 정말 모를 것이라고 생각해? 네가 누나에게 다정하게 속마음을 털어놓는 게 훨씬 좋을 거야. 네가 정말로 마음을 터놓고 다정하게 말해준다면 누나의 마음도 훨씬 가벼워질 테고."

저는 아이에게 누나한테 가보라고 채근했어요. 마침내 아이가 마음을 먹고 일어섰죠.

저도 그 방으로 따라 들어갔습니다. 침대가 있었죠. 여섯 살 꼬마가 죽어가는 누나 곁으로 다가갔고요. 저는 필요하다면 다시 한번 채근할 작정을 하고서 아이 뒤를 따랐습니다. 나를 따라 나머지 두 아이도 들어왔고요. 문에는 엄마가 서 있었고 엄마 뒤에는 아빠가 서 있었습니다. 그러니까 도움을 줄 수 있는 능력 순으로 쭈르르……. (웃음)

잠시 쭈뼛대던 아이가 폭발을 했습니다. "얼른 끝나라고 기도할 수 있으면 좋겠어." 여태 상담을 하면서 정말로 많은 경험을 했지만 아이가 그 말을 한 순간 제가 상담을 시작한 이래 가장 아름다운 광경이 펼쳐졌습니다. 죽어가는 열두 살의 누나가 울기 시작했던 거죠. 고통의 눈물이 아니라 큰 안도의 눈물이었습니다.

리즈가 울며 말했죠. "다행이야. 다행이야. 다행이야. 다행이야. 다행이야."

잠시 후 마음을 추스른 리즈가 왜 그렇게 안도했는지 우리에게 설명했습니다. "사흘 밤낮을 기도했어요. 이제 그만 절 데려가시라고. 하지만 기도가 끝날 때마다 엄마가 방문을 열고 거기 서서 말씀하셨죠. 밤새 앉아 나를 데려가지 마시라고 기도했다고. 하지만 피터, 네가 날 도와주면 우리 둘이 엄마를 이길 수 있을 거야." (청중석에서 웃음)

리즈는 이제 가족이 서로 안 그런 척하지 않아서 너무나 행복하다고 말했습니다. 온 가족이 서로를 꼭 끌어안았죠. 안 봐도 여러분은 아실 겁니다. 그 여섯 살 꼬마의 얼굴에 어떤 표정이 떠올랐을지. 아이는 얼굴 가득 자랑스러운 미소를 머금었습니다. 도시 전체를 통틀어 제일 자긍심 넘치는 꼬마였지요. 엄마가 옆에서 딸의 말을 다 들어서 그것도 다행이었습니다.

제일 큰 문제는 해결이 되었습니다. 부모님도 동생들도 리즈의 죽음을 맞이할 준비가 끝났지요.

그런데 이상하게 리즈는 여전히 살아 있었습니다. 무슨 이유인지 몰라도 생명을 붙들고 있었죠. 사흘이 지나고 다시 한 번 리즈를 찾아갔습니다. 의학적인 입장에서 보면 아직 살아 있다는 게 이해가 되지 않았거든요.

리즈의 엄마에게 말했습니다. "1주 전에 숨을 거두었어야 합니다. 아이가 마음의 준비를 마쳤고 그러기를 원하기도 하는데 놓아버릴 수가 없는 것 같습니다. 저로서는 최선을 다했습니다. 뭔가가 아이를 놓아버릴 수 없게 막고 있습니다. 뭔지 모르지만 두려운 것 같아요. 허락하신다면 제가 아이한테 가서 단도직입적으로 물어보겠습니다. 어머님께서 옆에 계셨으면 좋겠습니다. 제가 무슨 말을 할까 괜히 걱정하지 마시고 직접 들으셨으면 좋겠어요."

저는 리즈의 방으로 들어가 아이에게 물었습니다. "리즈, 죽을 수가 없구나, 그렇지?"

아이가 대답했습니다. "네."

제가 물었죠. "이유가 뭘까?" 아이가 대답했습니다. "하늘나라에 갈 수가 없어서요." 저는 깜짝 놀라 다시 물었죠. "누가 그런 말을 했니?"

그런 식의 언어들이 안고 있는 가장 큰 문제는 한 사람을 도와주려면 어쩔 수 없이 다른 사람을 공격해야 하는 사태가 발생한다는 겁니다. 그러지 않기가 정말 힘듭니다. 이 분야에는 정말로 얼토당토않은 돌팔이 지식이, 말도 안 되는 헛소리가, 한마디로 부정적 태도가 난무하기 때문에 스스로도 부정적으로 흘러가지 않기가 정말로 힘이 들거든요.

그래서 저는 치밀어 오르는 분노를 꾹꾹 눌러 참으며 아주 담담하게 물었습니다. "누가 너한테 그런 말을 했어?"

아이는 자신을 찾아오는 사제와 수녀와 간호사들이 몇 번이나 이 세상 그 누구보다 하느님을 사랑하지 않는 사람은 하늘나라에 갈 수 없다고 했다고 말했습니다. 그러고는 일어나 앉아서 뼈만 남은 손과…… 마른 나뭇가지처럼 앙상한 팔과…… 만삭 임산부처럼 부푼 배를 지닌…… 아이가 제게 몸을 기대며 저를 꽉 붙들더니, 혹시라도 하느님이 들으실까 걱정스러운 듯 속삭였습니다. 제 귀에다 대고 이렇게 말입니다. "근데요, 선생님…… 전 이 세상 누구보다 엄마 아빠를 더 많이 사랑하거든요." 하마터면 눈물을 쏟을 뻔했습니다.

정말 슬펐습니다. 저 아이를 어떻게 도울 수 있을까요? 다정한 말을 해줄 수는 있겠지만 그것으로는 도움이 안 될 겁니다. "엄마 아빠를 사랑하는 건 하느님도 사랑하는 거야." 그런 말을 할 수도 있겠지만 그것 역시 도움은 안 될 겁니다. 어떻게 해야 아이가 죄책감을 벗어던질 수 있을까요?

그런 상황에서 도움이 되는 것은 단 하나뿐입니다. 자신의 부정적 태도와 마음을 인정하는 것이지요. 우리는 그것을 '우리 안의 히틀러'라고 부릅니다. 나쁜 마음이 들 때, 남 탓을 할 때, 남들을 비난할 때, 사람들을 고정관념으로 판단할 때, 남들의 행동이 마음에 들지 않을 때는 우리 안의 히틀러가 고개를 번쩍 듭니다.

저는 리즈에게 그런 말을 한 사제에게, 아이에게 공포와 죄책감을 심어준 수녀와 간호사들에게 화가 많이 났습니다.

하지만 그 화는 **저의** 문제일 뿐 리즈의 문제는 아닙니다.

그래서 아이에게 이렇게 말했습니다. "누가 옳고 그른지 지금 여기서 너하고 다투고 싶지 않아. 늘 그랬듯 그냥 너하고 이야기를 나눌 거야."

그 말은 먼저 —저 자신을 위해서— 저의 마음으로 들어가 왜 제가 이렇게 비판적인지 자신에게 물을 것이란 뜻이었습니다. 그런 다음 전부를 일단 서랍에 쑤셔 넣을 겁니다. 하지만 조만간 그 문제를 다시 꺼내 고민해야만 할 것입니다. 안 그러면 제가 하는 일에 부담이 될 테니까요. **이 세상의 한 사람에게 베푼 선행이 다른 이에게 해를 입힌다면 선행을 할 수 없을 테니까 말입니다.**

전 다시 언어적 상징 언어를 꺼내서 —사용할 수만 있다면 이 언어는 최고의 선물입니다— 리즈에게 이렇게 말했습니다. "우리 둘이 학교 이야기를 참 많이 했구나. 넌 정말 착한 학생이었지. 나중에 커서 선생님이 되고 싶다고 했고. 널 알고 나서 지금까지 네가 정말로 절망에 빠진 모습은 딱 한 번 봤단다. 9월에 개학을 하고 스쿨버스가 왔을 때, 친구들과 동생들이 스쿨버스를 타는 광경을 창밖으로 내다볼 수밖에 없었던 그때."

그보다 한 달 전에 아이는 완쾌 판정을 받고 무척 기뻐했습니다. 그런데 새 학기가 시작되기 직전 전이된 암을 처음으로 발견했습니다. "그때 넌 처음 깨달았을 거야. 두 번 다시 가고 싶은 학교로 돌아갈 수 없을 것이고, 선생님이 되지도 못할 것이라고."

리즈가 "네."라고 대답했습니다.

전 말했습니다. "딱 한 가지 대답만 해주렴. 담임 선생님이 가끔 힘든 숙제를 내주시잖아. 그런 풀기 힘든 숙제를 공부 못하는 학생에게 내주실까? 그런 숙제를 반에서 공부 제일 못하는 친구에게 내주실까, 반 전체한테 다 내주실까? 아니면 반에서 공부를 제일 잘하는 몇몇 학생들한테만 내주실까?"

리즈의 얼굴이 환해졌습니다. 지금껏 한 번도 그런 표정을 본 적이 없었습니다. 리즈가 말했습니다. "정말 **딱 몇 명**한테만 내주세요." 리즈는 반에서 공부를 제일 잘하는 축에 속했고 그 사실을 아주 자랑스러워했습니다. 전 다시 이렇게 물었지요. "하느님이 선생님이라면 너한테 풀기 힘든 숙제를 내주실까? 아니면 반 친구 다 풀 수 있는 숙제를 내주실까?"

아이는 —다시 비언어적 상징 언어로 돌아가— 볼품없이 망가진 자신의 몸을 내려다보았습니다. 온통 상처뿐인 거대한 몸뚱이와 말라비틀어진 팔다리, 그런 자신의 몸을 살면서 치렀던 시험 문제지처럼 빤히 쳐다보았습니다. 그러더니 갑자기 정말로 행복한 미소를 지으며 진지한 목소리로 말했습니다. "저보다 더 풀기 힘든 숙제를 받은 아이는 없을 것 같아요."

더 이상 말이 필요 없었습니다. "하느님이 널 어떻게 생각하시는 것 같아?"

며칠 후 저는 다시 한 번 리즈를 찾아갔습니다. 같은 처지의 다른 아이들을 둘러보러 간 길이었습니다.

리즈는 이미 반의식 상태였습니다. 문에 서서 마지막으로 아이를 바라보며 조용히 작별을 고했습니다. 아이가 갑자기 눈을 뜨더니 ―분명 아이는 저를 알아보았습니다― 다 안다는 표정으로 크게 행복한 미소를 지으며 자기 배를 내려다보았습니다. 아이가 말했지요. "선생님 말씀을 이해했어요."

우리는 그런 식으로 아이들을 도와줄 수 있습니다. 마무리 짓지 못한 문제가 있어서 죽지도 못하고 괴로워하는 아이들을 잘 정리할 수 있게 도와주는 것이지요. 죽어가는 환자를 곁에서 지키는 일은 아주 단순합니다. 아이들의 경우 더 단순합니다. 아이들은 덜 복잡하거든요. 아이들은 정말이지 직접적이고 솔직합니다. 여러분이 어떤 식이건 잘못을 하면 아이들은 당장 지적을 합니다. 어른들의 실수를 곧장 알아차리거든요.

의대 학생들은 물론이고 성직자, 교사, 간호사들에게도 상징 언어를 가르치고 싶습니다. 그래야 절실히 우리 도움을 바라는 사람들의 언어를 더 잘 이해할 수 있을 테니까요.

여러분들 중에 자녀가 있으시다면 요청하고 싶습니다. 아이들의 말에 귀를 기울이세요. 진정으로 귀 기울여 들어주시고 세상 그 어떤 언어보다도 중요한 아이들의 언어를 배우세요. 그 언어가 도움을 청하는 이의 언어이기 때문입니다. 그 언어를 배우면 진정으로 충만한 삶을 살 수 있습니다.

죽음을 앞두고 자신을 괴롭히는 문제를 정리할 수 있었던 사람들은 그 과정에서 난생처음으로 충만한 삶이 무엇인지도 배웠을 것입니다. 그들의 말에 귀 기울이면 여러분도 그 사실을 알게 되실 겁니다.

가장 아름다운
편지

몇 년 전 버지니아에서 연속 강연을 한 적이 있습니다. 여러분은 당연히 모르시겠지만 전 그런 식의 강연을 좋아하지 않습니다. 매일매일 연단에 서서 따지고 보면 크게 다를 것도 없는 이야기를 하는 것이 끔찍하거든요. 게다가 당시엔 강연이 아침 아홉 시에 시작해서 저녁 다섯 시에 끝났습니다. 그래서 그 긴 시간을 버티게 해줄 연료가 필요했습니다. 그때 청중들을 구경하는 것이 그런 연료 역할을 했지요. 흥미를 끄는 사람이 있나 이리저리 살피다가 그런 사람을 발견하면 그가 어떤 사람일지, 어떤 일을 할지 추측했지요.

저 혼자만의 게임이었습니다.

그날도 저는 청중들을 쭉 살피면서 생각했습니다. "오늘은 이 사람들을 보며 하루 종일 이야기를 해야 하는구나." 첫 줄에 부부가 앉아 있었습니다. 두 사람을 보는 순간 갑자기 강렬한 욕구가 치솟았습니다. 지성의 사분면이 아니라 오직 직감과 영성의 사분면에서 솟구친 욕구였지요. 그 부부에게 왜 아이는 안 데려왔냐고 묻고 싶었던 겁니다.

물론 (그녀가 살짝 웃는다.) 보통의 정신과 의사라면 그런 짓을 하지 않을 겁니다. 사실 절대 하면 안 되는 짓이지요. (청중석에서 웃음) 여러분이라도 강연을 하다 말고 청중을 향해 그런 질문을 던질 수는 없을 겁니다. 그래서 질문을 하지 않으려고 무지하게 참았습니다. 질문을 했다면 아마 사람들은 절 미쳤다고 생각했을 겁니다. 물론 저에 대한 생각은 그들의 문제이지 저의 문제는 아니지만요. 그렇지 않나요?

대신 전 평소보다 일찍 —일러도 너무 일찍— 강연을 잠시 쉬자고 말하고 그 부부에게로 걸어갔습니다. 아주 평범하고 차분한 사람들이었습니다. 저는 제 질문을 어느 정도 사회적으로 용인될 수 있는 모양새로 꾸미려 노력했습니다. "이유는 모르겠지만 이런 질문을 안 드릴 수가 없네요. 왜 아이는 안 데려오셨나요?"

두 사람은 제 질문에 웃지 않았습니다. 그저 빤히 저를 쳐다보다가 이렇게 말했습니다. "그런 말을 하시다니 재미있군요. 안 그래도 오늘 아침에 아들을 데려올 수 있을까 의논을 했습니다. 하지만 오늘이 항암치료 날이어서요."

제 예감이 맞았습니다. 부부에겐 아이가 있었습니다. 암에 걸려 항암치료를 받는 사내아이가 하나 있었지요. 전 대답했습니다. "이유는 모르겠지만 꼭 아이를 데려와야 할 것 같습니다."

두 사람은 조건 없는 사랑의 의미를 아는 사람들이었죠. 아버지가 쉬는 시간에 강연장을 나갔습니다. 그리고 열한 시경 정말로 예쁜 아홉 살 사내아이를 데리고 돌아왔습니다. 눈이 왕방울만 하고 작은 얼굴은 창백했으며 항암치료를 받느라 머리카락이 하나도 없었습니다. 가족이 첫 줄에 앉았습니다. 아이는 내 말을 하나도 빼놓지 않고 말 그대로 흡입했습니다.

아버지가 아이에게 크레파스 한 상자와 종이 한 장을 주었습니다. **아버지**의 생각에는 아이가 그림을 그리면 조용하게 앉아 있을 것 같았겠지요. 하지만 **제겐** 그것이 신의 섭리였습니다. 절대 우연이 아니었습니다.

열두 시 점심시간이 되었습니다. 보통 닭고기가 나오는데 일주일이면 다섯 번은 먹는 음식이라서 저는 웬만하면 점심은 거릅니다. (청중석에서 웃음) 아이가 그림을 들고 저한테 왔습니다. "로스 박사님, 박사님께 드리는 선물이에요." 저는 고맙다고 인사하고 그 그림을 쳐다보았습니다. 거기에는⋯⋯. 저는 번역가입니다. 번역이 제 직업이지요. 그래서 그림을 보고는 별 생각 없이 아이한테 말했습니다. "두 분께 말씀드려야 할까?" 아이는 제가 오전에 그림의 언어에 대해 강연을 할 때 그 자리에 없었습니다.

그런데도 아이는 제 말을 바로 알아들었습니다. 아이가 저쪽 자기 부모님을 쳐다보더니 대답했습니다. "네, 그게 좋겠어요." 제가 물었습니다. "전부 다?" 아이가 다시 부모님을 보더니 말했습니다. "네. 잘 견디실 거예요."

불치의 병을 앓는 아홉 살 아이는 늙은 현자입니다. 고통을 겪은 아이, 사춘기가 되기 전에 신체의 사분면이 이미 아주 아픈 상태인 아이는 모두가 늙은 현자입니다. 신은 인간을 정말로 놀랍게 창조하셔서 보통은 사춘기가 지나야 형성되는 영성의 사분면이 그런 경우엔 일찍부터 발달하여 손상된 신체의 능력을 메워준답니다. 그래서 죽음을 앞둔 꼬마들은 —여러분이 이런 상징적인 표현을 허락하신다면— 아주 늙은 현자랍니다. 온실에서 자란 건강한 아이들보다 훨씬 더 지혜롭지요.

그래서 우리는 아이를 키우는 부모님들께 끊임없이 당부합니다. "아이를 과잉보호하지 마세요. 여러분의 고통과 아픔을 아이와 함께 나누세요. 그러지 않으면 아이는 불구가 될 겁니다. 온실에서 키우는 식물은 조만간 밖으로 옮겨 심어야 할 텐데, 너무 오냐오냐 키우면 추위와 바람을 견딜 수 없습니다."

그러니까 저는 그 꼬마의 그림을 보았습니다. 보통 저는 한 도시에 하룻밤만 묵기 때문에 그 짧은 시간 동안 일을 벌이거나 누군가에게 상처를 주지 않으려 애씁니다. 괜히 그래놓고 제대로 수습도 하지 않고 다음 날 휙 떠나버리면 안 되니까요. 그래서 무슨 일을 벌이기 전에는 항상 다시 확인을 합니다. 게다가 그 꼬마의 어머니가 강인한 분이라는 확실한 믿음도 없었고요. 저는 다시 물었습니다. "정말 두 분께 다 말씀드려야 할까?" 이 질문이 무슨 뜻인지 여러분은 아실 겁니다. "이 그림을 부모님께 설명해드려야 할까?"

아이는 다시 한 번 부모님을 쳐다보더니 대답했습니다. "네. 잘 견디실 거예요." 그래도 아이 어머니가 여전히 걱정이 되어서 어머니에게 물었습니다. "뭐가 제일 두려우세요?" 아이 어머니는 울음을 터트렸고 훌쩍이며 대답했습니다. "아이가 3개월밖에 못 산다는 걸 얼마 전에 알았어요."

전 더기의 그림을 보며 말했습니다. "3개월? 아니에요. 그럴 리 없어요. 절대 아니에요. 3년이라면 모를까 3개월은 절대 아니에요."

그녀는 나를 끌어안고 입 맞추며 고맙다고 인사했습니다. 전 말했죠. "어머니, 전 그저 번역가일 뿐이에요. 일종의 중개인이죠. 이걸 아는 사람은 아드님입니다. 전 아드님의 마음속 지식을 번역할 뿐이고요. 3년은 제가 드린 선물이 아닙니다."

우리는 금세 친구가 되었습니다. 그날 오후 저는 매의 눈으로 더기를 관찰했지요. 다섯 시를 15분쯤 남길 무렵 아이가 졸린 것 같았습니다. 아이와 작별 인사를 나누고 싶었으므로 그쯤에서 강연을 끝냈습니다. 저는 마지막으로 아이에게 이런 말을 건넸습니다. "더기, 버지니아까지 널 만나러 오지는 못할 거야. 하지만 내가 필요하거든 언제든지 편지를 쓰렴. 답장을 해야 할 편지가 수천 통 밀려 있으니까 봉투에 네가 직접 주소를 쓰는 게 좋겠다. 아이들 편지는 먼저 살펴보니까. 그래도 혹시 모르니까 봉투에 '개인 편지'

라고 적으렴."

전 보통 일주일에 하루만 집에 있습니다. 시간이 빠듯해서 아이들이 보낸 편지만 훑어봅니다. 그걸 알고 일부러 아이 글씨처럼 주소를 삐뚤삐뚤 적어서 보내는 어른들이 있습니다. 그런 편지는 아예 답장을 안 합니다. 그런 태도는 믿음을 무너뜨리는 짓이고 결국 서로 나쁜 감정으로 끝나고 말 테니까요.

어쨌든 전 기다리고 또 기다렸습니다. 하지만 더기의 편지는 오지 않았지요. 여러분도 경험으로 아실 겁니다. 그런 상황에서 어떤 생각을 하게 되는지. 전 생각했습니다. '아무래도 죽었나 보다. 내가 괜히 부모에게 헛된 희망을 품게 했구나.' 누구나 그런 상황에선 그런 생각을 하게 되지요. 생각하는 시간이 길어질수록 걱정은 더해지고 세상은 더 어둡게 보입니다. 하지만 어느 날 이런 생각이 들었어요. '쓸데없는 고민이야. 내 머리는 만날 헛방아를 찧지만 내 직감은 **절대** 틀린 적이 없어. 그러니까 걱정하지 마.'

그다음 날 더기한테서 편지가 왔습니다. 죽음을 앞둔 사람들과 일한 지난 20년 동안 받았던 편지 중에서 가장 아름다운 편지였습니다. 딱 두 줄 뿐이었지만 말이죠. "로스 박사님, 딱 한 가지만 더 여쭐게요. 삶이 뭐고 죽음이 뭔가요? 왜 어린아이들이 죽어야만 하죠? 그럼 안녕히 계세요. 더기."

제가 왜 아이들을 좋아하는지 이제 아시겠지요? 아이들은 돌려 말하지 않거든요. (웃음) 전 답장을 썼습니다. 당연히 온갖 멋들어진 말로 치장을 해서는 안 되었겠죠. 아이가 물은 방식대로 대답해야 했습니다.

그래서 색이 스물여덟 가지인 우리 딸의 색연필 세트를 빌렸습니다. 종이마다 다른 색깔을 칠한 후 한 장 한 장 포개서 무지개색의 작은 책을 만들었습니다. 정말 예뻤지만 그래도 좀 부족한 것 같아서 거기에다 그림도 몇 개 그려 넣었지요. 완벽해서 이제 우체국에 가서 부칠 일만 남았지요.

그런데 문제가 생겼습니다. 제가 만든 작품이 너무 마음에 들었던 거지요. (청중석에서 웃음) 어찌나 마음에 들었던지 부치지 않고 간직하고 싶어졌습니다. 기회를 잡은 제 머리가 득달같이 고개를 내민 것이지요. 다들 아시다시피 우리 인생 최고의 목표는 항상 가장 윤리적인 결정을 내리는 것입니다. 그 편지를 부치지 않고 제가 간직하자는 결정은 윤리적으로 최상의 결정이 아니었습니다. 그때 제 머리가 끼어들어 이렇게 말했습니다. "넌 그걸 가질 권리가 있어. 임종을 앞둔 아이들을 찾아갈 때 그걸 활용할 수 있잖아. 환자의 형제자매들에게 도움이 될 거야." 그러나 핑계가 길어질수록 편지를 얼른 부쳐야 한다는 확신이 더욱 짙어졌지요.

결국 결심을 굳혔습니다. "아냐. 똑같은 것을 만들겠다고 하루를 더 지체하지 않을 거야. 지금 당장 가서 부칠 거야. 더기가 어떻게 될지 모르는데 편지가 뒤늦게 도착한다면 두고두고 후회할 테니까. 애당초 더기를 주려고 만든 거지 내가 가지려고 한 게 아니잖아."

전 편지와 작별을 고하고 편지를 부쳤습니다.

갈등을 이겨내고 올바른 결정을 내리면 항상 수천 배의 보상이 돌아옵니다. 몇 달 후인 작년 3월에 캘리포니아에서 전화가 걸려왔습니다. 버지니아에서 온 시외통화였지요. 더기의 목소리가 말했습니다. "제 생일이어서 박사님께 선물을 드리고 싶었어요." 더기는 내 편지를 다른 아픈 아이들의 부모님들께 보여주었는데 모두들 복사본을 원해서 아예 인쇄를 해서 더 많은 아이들에게 보여주면 어떻겠냐며 저의 허락을 구했습니다.

그래서 우린 실제로 그 편지를 인쇄했고 **더기 편지**라고 이름을 붙였죠. 관심이 있으신 분들은 이 주소의 샨티 닐라야(Elisabeth Kübler-Ross Center, South Route 616, Head Waters, Virginia 24442, USA (703) 396-344)로 주문을 하시면 됩니다.

지금부터는 거꾸로 정직하지 않으면 얼마나 무서운 결과를 초래하는지 이야기해드릴 겁니다. 아무리 의도가 좋았다 해도 작은 거짓말 하나가 나중에 여러분을 궁지로 몰아넣을 수 있습니다. 몇 달 전에 정말로 인기 많은 뉴욕시의 토크쇼에서 저한테 출연 제의를 했습니다. 쇼에서는 3분 동안 수천만 명에게 말을 건넬 수 있지만 진심으로 마음에 있는 말은 단 한 마디도 할 수가 없습니다. 시간이 너무 짧거든요. 사람들이 질문을 하면 출연자가 대답을 합니다. 그게 전부지요. 그런데도 사람들은 왜 그런 프로그램에 출연을 할까 늘 궁금하던 참이었는데 저도 출연을 하게 되었습니다.

그들은 제게 3분 동안 무슨 말을 하고 싶은지, 무엇이 의미가 있는지 묻지 않았습니다. 대신 저의 책 《안녕이라고 말하는 그 순간까지 진정으로 살아 있어라》에 나오는 다섯 살 제이미에 대해 물었습니다. 다음 날 화가 난 더기가 편지를 보냈습니다. "박사님이 이해가 안 돼요. 왜 제이미 이야기를 하셨어요? 왜 제 이야기는 안 하셨어요? 사람들이 다 **더기 편지**를 사면 아빠가 다시 저랑 있을 수 있을 텐데요."

더기의 아버지는 대부분의 미국 사람들이 그렇듯 병원비 때문에 2만 달러의 빚을 졌습니다. 그 빚을 갚느라 밤낮으로 뼈 빠지게 일을 했고 주말에도 쉬지 못했기 때문에 아들하고 있을 시간이 거의 없었지요.

여기 스웨덴에선 상상도 못할 일이지만, 미국에선 지극히 평범한 가정도 가족 중 한 사람이 중병에 걸리면 순식간에 빈곤의 나락으로 떨어집니다. 그런데 제가 그만 큰 실수를 저지르고 말았습니다. 돈이 없어 밥도 제대로 못 먹는다는 말을 듣고 더기의 가족에게 돈을 보냈던 거지요. 그리고 그 돈이 적선처럼 보이지 않게 하려고 또 실수를 저질렀습니다. 보내는 사람 이름에 '인세'라고 적었던 겁니다. 그럼 그 돈이 **더기 편지**를 팔아서 번 수익금이라고 생각할 테니까요. 이제 이 불쌍한 아이는 6개월마다 제게서 돈이 오기를 기다립니다. 전 아주 곤란한 상황에 빠졌습니다. (청중석에서 웃음)

이렇듯 당신이 곁을 지킨 모든 환자는 당신에게 선물을 줍니다. 죽어가는 환자라고 해서 꼭 죽음과 관련된 선물을 주는 건 아닙니다. 삶과 그 삶의 극복과 관련된 선물일 수도 있지요.

삶에서
'정말로 나쁜 것'은 없습니다

죽어가는 환자의 마지막을 동행하면 죽음의 여러 단계를 배우게 됩니다. 생명이 얼마 남지 않았다는 사실을 알게 되면 제일 먼저 인지하고 싶지 않은 단계가 찾아올 것입니다. 그다음으로 분노와 '왜 하필 나인가?'라는 질문이 뒤를 따르지요. 여러분은 한동안 신을 원망하고 신에게 반항할 것입니다. 그러고 나면 신과 흥정을 할 것이고 그 거래의 단계가 지나면 깊디깊은 우울감에 빠지게 될 것입니다.

죽을 텐데 희망이 다 무슨 소용입니까? 불치병이라는 소리를 들으면 제일 먼저 이런 생각이 듭니다. '아니야. 오진이야.' 그런 다음엔 수술이나 약으로 병을 고칠 수 있을 것이라는 희망에 기댑니다. 그 희망마저 수포로 돌아가면 항암치료건 상상치료건 그 밖에 다른 그 무엇이건 적어도 증상을 개선하여 어느 정도 건강하게 생활할 수 있게 도와주기를 바랍니다.

그러나 효과가 입증되지 않은 수많은 약을 먹고 또 먹어도 이제부터는 조금 좋아졌다 다시 더 나빠지기를 반복할 뿐이라는 깨달음이 밀려옵니다. 계속 부침을 거듭하는 것이지요. 그 정도 지점에 이르면 포기를 하게 될까요? 그렇지 않습니다. 포기의 지점은 없습니다. 어떤 변화를 겪는다고 해도, 그 모든 부침과 경험, 이 세상 모든 사람은 특정 목적에 기여합니다. 여러분의 인생으로 걸어 들어온 모든 것은 그것이 없었다면 배우지 못했을 가르침을 여러분에게 전할 것입니다. 그리고 신은 필요 이상의 시련을 주시지 않습니다.

그런 시련을 이겨낸다면 한동안은 아주 좋을 겁니다. 그러다가 다시 새로운 일이 일어나겠지요. 눈이 안 보이고 다시 설사가 나고 잠시 사라졌던 이런저런 증상이 되돌아올 겁니다. 하지만 언젠가 우리 모두는 이 모든 시련 뒤편에 무엇이 숨어 있는지 알게 됩니다. 투지가 강한 사람이라면 다시 싸울 것이고, 체념이 빠른 사람이라면 서둘러 포기할 테지요. 그렇다 해도 고통 그 자체가 사라지지는 않을 겁니다. 그러니 그 고통 뒤편을 바라보고 거기서 무엇을 배울 수 있을지 알아낼 수 있다면……

이런 상황에서 곁을 지키며 보살피고 걱정해주는 사람이 있다면 아마 우리는 마침내 그 고통을 받아들이게 되겠지요.

이 모든 것이 죽음에만 해당되는 사실은 아닙니다. 사실 근본적으로 따지면 죽음과는 아무 관련이 없습니다. 그저 더 좋은 표현이 떠오르지 않아서 '죽음의 단계'라고 부를 뿐입니다. 남자친구나 여자친구를 잃거나 일자리를 잃었을 때도, 50년 동안 살던 집을 떠나 요양원으로 가야 할 때도, 심지어 키우던 앵무새가 날아가 버렸거나 하다못해 콘택트렌즈를 잃어버렸을 때도 똑같이 이런 단계들을 거칠 것입니다.

그리고 고통의 의미도 바로 거기에 있다고 생각됩니다. 대부분의 사람들은 온갖 어려움과 시련과 곤경과 악몽과 상실을 저주나 신의 벌이라고, 나쁜 것이라고 생각합니다. 하지만 여러분에게 닥친 **그 어떤 것**도 정말로 나쁜 것은 없습니다. 정말로 나쁘지 않습니다. 모든 곤경과 시련도, 여러분이 경험한 가장 가슴 아픈 상실도, 너무 아파서 "미리 알았더라면 절대 그러지 않았을 것이다."라는 외침이 절로 튀어나올 고통도 알고 보면 여러분에게 주는 선물입니다. 누군가…… (그녀가 청중들 쪽으로 향한다.) 뜨거운 철을 도구로 만들려면 어떻게 해야 할까요? 철을 단련해야겠지요?

여러분에게 닥친 나쁜 일은 모두 여러분에게 주어진 기회요, 가능성입니다. 성장하고 성숙할 수 있는 기회이지요. 성숙은 지상 모든 존재의 유일한 목표입니다. 아름다운 정원에 앉아서 말만 하면 맛난 음식을 은쟁반에 담아 가져다준다고 해서 성숙해지지 않습니다. 아플 때, 고통을 느낄 때, 상실로 아파할 때, 온갖 어려움이 닥쳐도 타조처럼 머리를 모래에 처박지 않고 고통을 견딜 때, 고통을 저주나 벌이 아니라 선물이라 생각하며 받아들일 때 여러분은 부쩍 자라게 될 것입니다.

사례를 하나 들어보겠습니다. 제가 진행하는 1주 일정의 워크숍—1주 동안 진행되는 심포지엄—에 한 젊은 여성이 참석했습니다. 자식이 죽은 것은 아니지만 우리가 '작은 죽음'이라 부르는 여러 가지 사건을 겪은 후였습니다. 물론 그녀의 입장에선 결코 '작은' 일들이 아니겠지만요. 둘째가 바라던 대로 딸이었는데 병원에서 아이가 중증 정신 지체라는 통보를 받았습니다. 커서 어른이 되어도 엄마를 알아보지도 못할 정도로 중증이라고 했습니다. 그 소식이 가져다준 충격에서 미처 헤어나기도 전에 남편이 그녀를 떠났습니다. 갑자기 정말로 어려운 상황에 놓이게 된 것이죠. 아직 엄마 손이 필요한 어린아이가 둘이나 되는데 돈은 한 푼도 없고 수입도 없었고 도와줄 곳도 없었습니다.

처음에 그녀는 아니라고 부정했습니다. 자신이 낳은 아이가 그럴 리 없다고 생각했습니다. '정신 지체'라는 말조차 입 밖으로 낼 수 없었습니다.

시간이 조금 지나자 무서우리만치 분노가 솟구쳐 올랐습니다. 심지어 신을 저주했습니다. 처음엔 신 같은 건 존재하지 않는다고 우겼습니다. 그러다가 심통 사나운 늙은……. 뭐라고 했는지 말 안 해도 아시겠죠? 그다음엔 오랫동안 신과 흥정을 했습니다. 아이가 어느 정도 배울 수만 있어도, 엄마를 알아볼 수만 있어도……. 하지만 결국 그녀는 이 아이를 낳은 의미를 깨달았습니다.

그녀가 어떤 식으로 문제를 풀었는지 여러분에게 들려드리고 싶습니다. 그녀를 통해 우리가 겪는 모든 것이 우연이 아님을 깨닫게 되실 테니까요. 그 젊은 여성은 아이를 쳐다보며 식물과 다를 것 없는 이런 인간에게 과연 삶이 무슨 의미가 있을 수 있을까 고민했습니다. 그러다 결국 해결책을 찾아냈지요. 여러분에게 그녀가 쓴 시를 읽어드리겠습니다. 시인이 쓴 시는 아니지만 무척 감동적입니다. 시에서 그녀는 아이의 입장이 되어 그녀를 대모라고 부릅니다. 시의 제목도 '대모에게'로 붙였습니다.

대모에게

대모가 뭘까요?
당신이 아주 특별한 존재임을 저는 압니다.
당신은 몇 달 동안 절 기다렸지요.
그리고 제가 태어났을 때 당신은 거기서 절 바라보았고
기저귀를 갈아주었지요.
당신은 첫 대자녀에게 바라는 게 많았습니다.
그 아이가 당신의 어린 자매들처럼 똑똑하기를
그 아이가 초등학교에 입학하고 대학에 가고 결혼하는 모습을 곁에서 지켜볼 수 있기를 바랐습니다.

그런데 전 어떤가요? 식구들이 자랑스러워할 아이인가요?

신은 절 가지고 다른 계획을 세우셨습니다. 전 그저 이대로의 저입니다.

아무도 절 똑똑하다 칭찬하지 않았습니다.

제 머릿속은 남들과 다릅니다.

그래도 전 언제나 하느님의 자녀일 것입니다.

전 행복합니다. 사랑하고 사랑받습니다.

많은 이야기를 할 수는 없지만

저의 사랑을 전하고 받을 수 있고

정과 사랑과 따스함을 느낄 수 있습니다.

제 인생에는 아주 특별한 몇 사람이 있습니다.

때로 저는 가만히 앉아 미소를 짓기도 하고 울기도 합니다.

왜일까요?

전 행복하고 친구들에게 사랑받습니다.

더 이상 뭘 바라겠습니까?

대학엔 가지 못할 겁니다. 결혼도 못할 겁니다.

그래도 슬프지 않습니다. 하느님께서 절 아주 특별한 사람으로 만드셨
으니까요.

전 남에게 상처 줄 줄 모릅니다. 사랑할 줄만 압니다.

아마 하느님께선 사랑밖에 모르는 자녀가 몇 명 필요하신 것 같습니다.

기억나세요? 제가 세례받던 그 순간이?

당신은 저를 안고서 제가 울지 않기를, 당신이 절 떨어뜨리지 않기를

바랍니다.

아무 일도 일어나지 않았습니다. 정말로 행복한 날이었지요. 그래서 당신은 저의 대모가 되셨나요?

당신은 부드럽고 따뜻합니다. 당신은 절 사랑합니다. 하지만 당신의 눈동자엔 다른 것이, 아주 특별한 것이 담겨 있습니다.

저는 그 눈빛을 보고 다른 이의 사랑도 느낍니다.

전 아주 특별한 존재임이 분명합니다. 이렇게 어머니가 많으니까요.

세상의 눈에 전 결코 성공이 아닐 겁니다.

하지만 소수만 할 수 있는 약속을 당신께 드립니다.

제가 아는 것은 사랑과 선과 무죄뿐이기에 우리는 영원히 함께 할 것입니다.

당신, 저의 대모와 저는.

이 시를 쓴 사람은 몇 달 전 아이를 수영장에 두고 부엌에 가봐야 한다는 핑계를 대며 달려갔던 엄마였습니다. 감독이 소홀한 틈에 아이가 물에 빠져 죽기를 바라면서요. 그런 엄마에게 엄청난 변화가 일어났습니다.

여러분 모두에게도 똑같은 변화가 있을 것입니다. 살면서 일어난 모든 일에서 항상 다른 면을 바라보겠다는 마음의 자세가 되어 있다면 말입니다. 세상 그 무엇도 한 면만 있지 않습니다. 죽을병에 걸릴 수도 있고, 참을 수 없는 고통으로 괴로워할 수도 있고, 이야기 나눌 사람 하나 없을 수 있습니다. 아직 제대로 살아보지도 못했는데 이렇게 죽어야 한다니 너무너무 억울하고 원통할 수도 있습니다. 그럴 때 다른 면을 보세요. 그 순간 여러분은 여태 끌고 다니던 공허함을 단박에 던져버릴 수 있는 소수의 특혜자가 될 것입니다.

그렇게 한다면 여러분은 상대가 아직 들을 수 있을 때 "사랑해." 라고 말할 수도 있게 될 겁니다. 그런 말 곁에선 호들갑스런 아첨 따위는 자취를 감춥니다. 우리 모두는 어차피 아주 잠깐만 여기 있을 것임을 알기에 마침내 진실로 하고 싶은 일을 할 수 있을 것입니다. 정말 하고 싶은 일을 하시는 분이 몇 분이나 되시나요? 몇 분이나 **실천**하고 계시나요? (치켜든 손의 숫자가 매우 적다.) 그렇게 하지 못하시는 분? (손의 숫자가 더 많다.) 월요일마다 직장을 때려치우고 싶으시죠? (웃음)

정말 하고 싶은 것만 하는 것, 그것이 엄청나게 중요합니다. 그럼 가난할 수도 있고 배가 고플 수도 있고 차가 없어 걸어 다녀야 하고 허름한 집으로 이사를 가야 할지도 모르지만 어떤 경우에라도 **진정으로 살** 것입니다. 그리고 생이 끝나는 날 행복한 마음으로 지난날을 돌아볼 것입니다. 명 받은 일을 해냈으니까요. 그렇지 않을 경우 여러분은 자신의 명예를 더럽히게 됩니다. 이유가 있어야만, 예를 들어 다른 사람의 마음에 들기 위해서만 일을 할 것이고 그럼 결코 진정으로 살지 못할 것입니다. 당연히 평화로운 죽음을 맞이하지도 못하겠지요.

여러분 마음의 목소리를 듣고, 여러분 개인의 일이라면 그 누구보다 풍성할 마음의 지혜를 따른다면 방황하지 않을 것입니다. 또 어떤 삶을 살고 싶은지 정확히 알게 될 것입니다. 시간은 얼마가 되건 중요하지 않습니다.

배우기 가장 힘든 것이 조건 없는 사랑입니다. 정말 막대한 임무지요. 여러분도 잘 아시는 버지니아 사티어Virginia Satir(미국 심리학자로 가족치료의 어머니로 불리며 변화과정이론을 최초로 소개하였다. 대표적인 저서로는 《가족 힐링》이 있다. -옮긴이)는 너무나 아름다운 말로 조건 없는 사랑을 표현했습니다. 이렇게 말입니다.

집착하지 않고 사랑할 것입니다.
판단하지 않고 이해할 것입니다.
간섭하지 않고 당신 곁에 있을 것입니다.
요구하지 않고 격려할 것입니다.
당신이 죄책감 없이 자유롭기를 바라고
당신을 비난하지 않고 바라보려 하며
집요하지 않게 당신을 도우려 합니다.
당신도 내게 그렇게 해줄 수 있다면 우리는 진실로 함께하며 서로를 살찌울 수 있을 겁니다.

지금까지 들어주셔서 감사합니다. (박수)

두 번째 강연

고치와 나비 ··

스톡홀름, 1981년

진정으로
산다는 것

제가 처음 스웨덴에 왔을 때가 1947년이었습니다. 그날 이후 정말로 많은 일이 있었답니다. 당시 누가 제게 나중에 어떤 일을 할지 예언을 했다면 과연 그 일을 시작할 용기를 냈을지 모르겠습니다.

이틀 전에 두이스부르크에 갔습니다. 도착하자마자 폭탄테러 때문에 보안검색이 엄청 강화되어 놀랐습니다. 죽어가는 아이들을 살피는 저 같은 사람을 뭘 그렇게까지 무서워하는지 모르겠습니다.

먼저 잠시 우리가 하는 일의 정신의학적 기초를 몇 가지 설명하고 싶습니다. 그래야 임종을 앞둔 사람들을 보살피면서 우리가 무엇을 배웠는지 쉽게 이해하실 수 있을 테니까요. 죽음을 앞둔 사람들에게서 우리가 배울 수 있는 것은 죽음의 과정만이 아닙니다. 풀지 못한 한을 훌훌 다 털어버리고 편안하게 사는 법도 배울 수 있답니다.

진정으로 사는 사람들은 삶도 죽음도 두려워하지 않습니다. 진정으로 산다는 것은 풀지 못한 한이나 이룰 수 없는 바람을 품지 않는 것입니다. 그렇게 되려면 어린 시절을 잘 보내야 합니다. 안타깝게도 그럴 수 있는 사람이 많지 않습니다. 우리도, 우리 아이들도 아주 소수만이 그럴 수 있지요. 우리 아이들 한 세대만이라도 자연스럽게, 그러니까 '창조주의 뜻대로' 성장할 수 있다면 굳이 죽음을 다룬 책을 읽을 필요가 없을 것이며 죽음을 주제로 세미나를 열 이유도 없을 겁니다. 해마다 수천 명의 아이들이 실종되고 수많은 젊은이들이 자살이나 살인으로 생을 마감하는 충격적인 현실과 씨름해야 할 필요도 없을 겁니다.

네 개의
사분면

모든 인간은 네 개의 사분면으로 구성됩니다. 신체, 정서, 지성, 영
성과 직감입니다.

태어나는 순간 우리는 오직 **신체**로만 이루어진 생명체입니다.
그 아이가 자연스럽게 성장하려면, 삶과 죽음을 두려워하지 않고
발전하려면 생후 1년 동안 큰 사랑과 애정과 관계와 신체접촉이 필
요합니다. 삶의 끝자락에서 할머니, 할아버지가 되어 양로원에서
살 때도 이런 측면이 다시금 두드러지기 때문에 노인들은 관계와
사랑과 포옹을 매우 갈망합니다. 우리 사회에서 아무 조건 없이 우

영성/직감 사춘기	신체 출생~1년
지성 6~13세	정서 1~6세

인간을 구성하는 사분면

리를 진심으로 사랑했던 유일한 사람들은 보통 노인입니다. 우리 할머니, 할아버지였지요.

각 세대가 자기들끼리만 사는 사회에선, 다시 말해 노인들은 양로원이나 요양원에, 환자는 병원에, 아이들은 학교에만 있는 그런 사회에선 아이들이 조건 없는 사랑을 받지 못합니다. 그럼 한 살에서 여섯 살 사이에 **정서**의 사분면이 만들어질 때 이미 문제가 생깁니다. 그 나이는 기본적인 행동방식을 배우는 시기이고, 그때 배운 행동이 평생 아이에게 영향을 미치거든요.

우리 아이들은 조건 없는 사랑과 확고한 규율로 키워야 합니다. 그러나 절대 체벌은 안 됩니다. 듣기는 쉬워 보이지만 실천하기는 쉽지가 않습니다. 아이의 태도는 야단치되 아이 그 자체는 사랑하여야 합니다. 우리가 이 둘의 균형을 잘 잡아준다면 아이는 여섯 살이 되면 아주 멋진 **지성**의 사분면을 키울 것입니다. 공부에 재미를 느껴 학교를 무서운 곳이 아니라 신나는 도전의 장소로 생각하게 될 것입니다.

죽기 전에 '이티E.T 센터'를 아주 많이 설립하는 것이 저의 원대한 꿈입니다. 지금의 요양원들을 그런 '이티 센터'로 탈바꿈시키고 싶습니다. 혹시 영화 〈이티〉를 안 보신 분이 계시나요?

'이티 센터'는 노인들과 어린아이들의 집homes for Elderly and Toddlers 입니다. 그 사이의 세대는 뺍니다. 이 둘의 조합이 가장 이상적이거든요. 70년 동안 우리 사회를 위해 헌신한 노인들에게 센터 2층에 방을 하나 내드립니다. 혼자 기거하실 수 있는 쾌적한 공간이고 원하시는 대로 가구를 들여 꾸밀 수 있습니다. 그 대가로 노인들이 하셔야 할 일은 아이 한 명을 보시면서 정말 오냐오냐 떠받들어 키우는 겁니다. 제일 마음에 드는 아이로 고르셔도 됩니다. 아이들은 맞벌이 가정의 자녀입니다. 부모가 아이를 아침에 출근하면서 데려다주고 퇴근하면서 데려갑니다.

노인들과 아이들이 서로에게 줄 수 있는 것은 양쪽 모두에게 똑같이 유익합니다. 노인들은 다시 사람의 손길을 느끼고 신체접촉을 할 수 있어 좋습니다. 어린아이들은 쪼글쪼글한 얼굴을 좋아합니다. 사마귀와 뾰루지도 좋아합니다. 그걸로 피아노를 치거든요. (청중석에서 웃음) 노인들은 젊었을 때보다 더 많은 포옹과 접촉과 입맞춤이 필요합니다. 특히 어린아이들의 포옹이 특효지요.

아이들은 무조건적인 사랑을 배웁니다. 어릴 적에 그런 사랑을 경험하면 나중에 어른이 되어 아무리 나쁜 일을 겪어도 굴복하지 않습니다. 단 한 번이라도 조건 없는 사랑을 받는다면 평생 그걸로 충분합니다. 꼭 엄마나 아빠가 주는 사랑일 필요는 없습니다. 사실 한 번도 경험해보지 못했기에 아이에게 그런 감정을 선물할 수 없는 부모도 많거든요. 이것이 제가 꿈꾸는 '이티 센터'의 모습입니다.

사춘기가 되면 아이들은 혼자 알아서 **영성과 직감**의 사분면을 키웁니다. 정상적으로, 자연스럽게, 마땅하게, 아무 방해 없이 자란다면 그렇게 된다는 말입니다. 영성과 직감의 사분면은 온갖 지혜가 숨어 있는 부분입니다. 우리가 세상에 나올 때 이미 가지고 왔기 때문에 굳이 별다른 노력을 기울이지 않아도 절로 자라는 유일한 사분면이지요.

우리는 이 세상에 올 때 또 하나의 선물을 갖고 옵니다. 무언가를 잃으면 그 잃은 것보다 더 값진 것을 되돌려 받는 것이지요. 백혈병, 뇌종양 같은 중병으로 죽어가는 아이들은 신체의 사분면이 쇠약합니다. 그 대신 영성의 사분면—어른들은 안타깝게도 이 사분면의 가치를 충분히 깨닫지 못할 때가 많습니다—을 키워내지요. 세 살, 네 살, 다섯 살 아이들이 벌써 말입니다. 오래 아플수록, 고통이 심할수록 발전의 속도도 빠릅니다. 그래서 겉보기에는 아주 어리지만 —대부분 또래 아이들보다도 훨씬 어려 보이지만— 영성의 사분면은 활짝 열려서 늙은 현자처럼 말합니다.

이 아이들은 우리의 스승이 되기 위해 이 땅에 왔습니다. 그들의 말을 듣지 않는다면, 죽음 이야기를 하기에는 그들이 아직 너무 어리다고 말한다면, 그들에게 아는 척한다면 그들이 아니라 우리가 패자가 되는 겁니다.

문제는 오직 직감으로만 사는 사람이 너무 적다는 것입니다. 대부분의 사람들은 자신의 소리, 마음의 소리에 귀를 기울이지 않고 남의 말에 더 귀를 세웁니다. 우리 대부분이 조건적인 사랑밖에 경험하지 못했기 때문입니다. "성적이 좋아야 널 사랑할 거야."라거나 "대학에 붙어야 원하는 걸 해줄 거야." 혹은 "우리 아들이 의사라고 동네방네 자랑하고 싶어."와 같은 말을 듣고 자란다면 그 사람은 사랑을 돈으로 살 수 있는 것이라고 생각하고 부모가 원하는 사람이 되어야 사랑받는다고 믿을 겁니다. 하지만 그건 인신매매입니다. (청중석 여기저기에서 작은 웃음소리)

이 세상 가장 큰 문제가 바로 그것입니다. "이렇게 저렇게 한다면"이라는 그 말 한마디 때문이지요. 그래서 부모의 사랑만 확신할 수 있다면 못할 일이 없다고 생각하는 사람들이 수없이 많습니다. 사랑을 돈 주고 살 수 있다고 믿는 사람들이지요. 삶이 끝나는 날까지 사랑을 찾아다니지만 결국 찾지 못합니다. 진정한 사랑은 살 수 없는 것이니까요. 이런 사람들은 임종을 앞두고서 다음과 같이 슬프게 말합니다. "돈도 많이 벌었고 열심히 살았습니다. 하지만 진정으로 살지 못했습니다." 이들에게 "진정으로 사는 게 뭐냐"고 물으면 그들은 대답합니다. "변호사로 혹은 의사로 성공하긴 했지만 원래 전 목수가 꿈이었답니다."

임종을 앞둔 사람들과 함께 할 때는 무엇보다 먼저 환자의 신체적 욕구, 신체의 사분면을 생각해야 합니다. 환자의 고통을 덜어주는 것이 가장 중요하고 시급합니다. 몸이 편하고 통증이 없어야 정서적, 영적 도움을 생각할 수 있습니다. 몸이 다른 무엇보다 중요합니다. 환자가 통증으로 어쩔 줄 모르는데 정서적, 영적 도움이 다 무슨 소용이겠습니까? 물론 그렇다고 해서 독한 진통제 주사를 줘서 말을 못할 정도로 안정을 시키거나 마취를 하는 것도 환자에게 좋지 않겠지요.

그래서 우리는 진통이 오기 전에 여러 가지 진통제를 섞은 '칵테일'을 복용시킵니다. 이 약을 규칙적으로 복용시켜서 죽을 때까지 통증은 느끼지 않으면서 의식은 완전한 상태를 유지시킵니다. 이것이 정서적 도움을 주기 위한 필수 조건입니다.

환자가 신체적으로 어느 정도 견딜 만해야, 통증이 없어야, 방치되지 않아야, 청결한 상태여야, 자기 이야기를 할 수 있어야 비로소 정서의 사분면으로 향할 수 있는 겁니다.

그렇다면 위중하여 말도 못하는 환자와는 어떻게 대화를 나눌까요? 루게릭병 환자나 중증 뇌졸중으로 온몸이 마비된 사람과는 어떻게 대화를 주고받을 수 있을까요? 등이 가려워 긁어줬으면 좋겠다는 그의 심정을 어떻게 알 수 있을까요? 생각을 읽을 수가 없는데 그런 환자와는 어떻게 소통해야 할까요? 글자판을 만들면 됩니다. 알파벳 리스트나 중요한 사람, 신체 부위, 중요한 신체 욕구의 리스트를 만드는 겁니다. 그럼 열 살 아이도 손가락으로 하나씩 짚어가며 환자와 대화를 나눌 수 있습니다. 환자는 상대가 올바른 단어나 철자를 가리키면 "으으" 같은 소리로 맞다는 것을 알립니다.

그런 글자판은 루게릭 환자에게는 신의 선물과 같습니다. 뇌졸중 환자의 경우는 글자를 이해할 수 없기 때문에 그런 방법이 통하지 않습니다. 그래서 글자판 대신 그림판을 만들어야 합니다.

그런 글자판을 사용할 줄 알아야 합니다. 안 그러면 정신은 말짱한데 몇 년 동안 꼼짝도 못하고 누워서 어떤 식으로도 소통을 못하는 환자들을 반응이 없다는 이유로 점차 들리지도 않고 말도 못하는 사람으로 취급하게 됩니다. 다른 사람들과 연결 고리가 끊어진다면 그건 인간이 겪을 수 있는 최악의 죽음입니다.

신의
간섭

몇 년 전 어떤 여성이 제게 상담을 청했습니다. 남편이 중년인데 4년 전부터 전신마비에 말도 할 수 없다고 했습니다.

환자의 집으로 찾아가 보니 환자의 상태가 정말 안 좋았습니다. 꼼짝도 못하고 가만히 누워만 있었거든요. 거기에 아이도 둘이나 되다 보니 아내는 완전히 탈진 상태였습니다. 환자는 환자대로 공포심에 벌벌 떨었습니다.

글자판을 이용하여 왜 그렇게 겁을 내는지 물었더니 환자는 아내가 자신을 버리려고 한다고 대답했습니다. 제가 물었습니다. "아내가 환자분을 버리려 한다고요? 아내는 지난 4년 동안 하루 종일 환자분을 보살폈습니다." 그가 말했습니다. "네, 그래서 지금 절 버리려고 하는 겁니다. 지칠 대로 지쳤거든요. 더 이상은 못하겠으니까 절 병원으로 보내려는 겁니다." 환자는 삶의 마지막 몇 주를 병원에서 보내게 될까 봐 겁을 먹고 있었습니다. 병원에 가면 바로 호흡기를 끼울 것을 경험으로 알았으니까요.

환자는 지난 4년간 아이들의 성장을 곁에서 지켜볼 수 있어 좋았고 자신의 병도 받아들였다고 했습니다. 그런데 하필이면 지금, 삶이 얼마 남지 않은 때에 아내가 한계에 도달해서 그를 병원으로 보내려 하니 아내에게 마지막 몇 주만 참아달라고 애원했고 너무 큰 짐이 안 되게 금방 죽겠다고 약속했습니다.

저는 환자와 아이들이 있는 자리에서 환자의 두려움이 지당하냐고 아내에게 물었습니다. 아내는 실제로 더는 버틸 수가 없어서 남편을 입원시킬 준비를 마쳤다고 대답했습니다. 여러분 중에 환자를 24시간 간병해보신 분이 계시다면 그 상태로 4년을 버티기란 실로 불가능에 가깝다는 것을 잘 아실 겁니다. 전 아내에게 이 상태로 몇 주 더 버티려면 무엇이 필요한지 물었습니다. 노이로제 환자가 **아닌** 보통의 환자가 몇 주밖에 안 남았다고 말할 경우 그 말은 반드시 진심으로 받아들이셔야 합니다.

어쨌든 그 아내는 남자가 필요하다고 대답했습니다. 제가 남자 없이 사는 게 그렇게 힘드냐고 물었습니다. 아내는 그게 아니고 남편 없이 사는 데는 익숙해졌지만 힘센 남자가 필요하다고 했습니다. 그 사람이 밤 여덟 시부터 아침 여덟 시까지 남편을 맡아주면 자기가 밤에 푹 잘 수 있을 테니까요. 아이가 아픈 적이 있었다면 여러분도 그녀의 말이 매우 합리적인 요구라는 것을 충분히 납득하실 겁니다.

우리 삶에 우연이란 없습니다. 우리가 보통 우연이라고 부르는 것을 저는 '신의 간섭'이라고 부릅니다. 저는 다음 날부터 5일 일정의 워크숍을 시작할 예정이었습니다. 그래서 그 아내분에게 말씀드렸지요. "장담하건대 제가 오늘 여기 온 이유는 그 워크숍에 임자가 나타날 것이기 때문입니다. 제가 그를 납치해서 이리로 끌고 올 테니 (청중석에서 웃음) 야간 간병을 맡기세요. 제 예감이 틀려서 도와줄 사람을 못 만난다면 제가 다시 한 번 오겠습니다."

그 여성은 '신의 간섭'을 굳게 믿고 5일 동안 기다리겠다고 하셨습니다.

워크숍이 시작되었습니다. 당연히 그런 세미나에는 남자보다 여자가 많이 참석합니다. (청중석에서 웃음) 참가자 100명 중에서 남자가 눈에 띄면 찬찬히 지켜보면서 고민했지요. "저 사람일까? 아냐. 그럼 저 사람? 아냐." 도통 적임자가 나타나지 않았지요.

수요일이 되자 초초해졌습니다. (청중석에서 웃음) 보통 제 직감은 정말 잘 맞거든요. 머리를 쓸 때는 곤란해지지만요. (청중석에서 웃음) 수요일 즈음 남성 참석자는 한 사람도 빼놓지 않고 다 검토를 마친 상황이었습니다. 그때까지 한마디도 안 한 사람이 한 사람이 있었는데 그 사람까지도 다 살폈습니다.

그런데 그날 그 사람이 일어나서 무슨 말인가를 했습니다. 그가 입을 여는 순간 생각했지요. "저 사람은 절대 그 환자를 보살피지 않을 거야." 그가 말을, 이런 표현은 죄송하지만 캘리포니아 사람같이 했거든요. (청중석에서 웃음) 이건 나쁜 표현이지만 전 그가 그럴 거라고 생각했습니다. 뭐랄까…… 앉아 있는 모양새가 완전히 찌부러져서…… (남자가 앉은 모습을 흉내 내려고 애를 쓴다.) 전 절대로 그렇게 못 앉아요.

그 남자는 에솔렌 인스티튜트(미국 캘리포니아 주 해안 마을 빅 서에 있는 대안학교로, 명상을 중시하며 인본주의 교육을 표방한다.—옮긴이)에서 히말라야까지 이 워크숍 저 워크숍을 다 돌아다녔다고 말했습니다. 게다가 현미와 생야채를 먹고 산다고 했지요. (청중석에서 웃음) 좀 심한 말이지만 그 진짜 광신도들 중 하나로 (청중석에서 웃음) 분명히 워크숍 중독자일 거고 (청중석에서 웃음) 전 그런 사람들을 기생충이라고 생각했습니다. 평생 일은 안 하고 이 단체 저 단체를 떠돌아다니기만 하니까요. (웃음) 말을 들을수록 확신이 들었습니다. "아냐, 아냐, 아냐, 저런 사람을 환자한테 보낼 수는 없어."

마지막으로 그가 말했습니다. "당신을 본받아 살고 싶습니다. 당신과 같은 일을 하고 싶습니다." 그래서 생각했죠. '어디 한번 해봐라!' (청중석에서 웃음) 그에게 물었습니다. "하루 열두 시간 일할 자신 있으세요?"

"아, 그럼요."

"말 못하는 남자를 보살필 수 있어요?"

"네!"

"글자도 못 적는데요?"

"네!"

"밤낮으로?"

"네!"

"한 푼도 못 받는데요?"

"네!"

환자의 상태를 나쁘게 묘사할수록 그의 열의는 더욱 불타올랐습니다. (청중석에서 웃음) 결국 이렇게 말하는 수밖에 없었죠. "좋습니다. 금요일 밤 여덟 시부터 시작합시다." (청중석에서 웃음)

그 남자가 진짜 그곳에 나타날 것이라고는 눈곱만큼도 예상치 못했습니다. 금요일 점심에 워크숍이 끝나면 소리 없이 사라져버릴 것이라고 확신했지요.

그런데 그가 환자의 집에 나타났습니다. 그뿐 아니라 그동안 제 환자들을 간병했던 그 누구보다도 일을 잘했습니다. 발마사지에서부터 환자 특별식 준비를 거쳐 책 읽어주기까지 정말 모든 일을 다 잘했습니다. 진심으로 환자를 배려했지요. 환자가 사망한 후에도 가족들이 다시 일상으로 돌아왔다는 확신이 들 때까지 2주 동안 가족의 곁을 지켰습니다.

이 일을 통해 **제가** 배운 점은 절대 캘리포니아 사람을 무시하면 안 된다는 겁니다. (청중석에서 폭소가 터진다.) 절대 무슨 일이 있어도 그러면 안 됩니다. 어떤 사람이건 어떤 일이건 부정적으로 반응할 때는 근본적으로 아직 해결되지 못한 것이 남아 있기 때문입니다. 무슨 말인지 아시겠습니까? 제가 15초보다 훨씬 더 오래 그 남자에게 반감을 품었기 때문에 전 제 마음으로 들어가서 왜 제가 현미와 생야채에 반감이 품는지 살펴보았지요. (청중석에서 웃음) 이런 방법으로 여러분의 삶에 미처 해결되지 못한 일을 진단하는 겁니다. 그것에 관심을 쏟아야 합니다. 너무나 중요한 일이거든요.

그래서 일단 신체의 관점에서 환자를 잘 보살폈고 환자와 소통할 수 있는 길을 찾았다면, 그리고 글자판을 쓸 줄 안다면 언제나 가능성은 있습니다. 여러분은 정서의 사분면으로 향할 수 있습니다.

여러분이 뭘 해줄 수 있을지 환자에게 묻기만 하면 됩니다. 그리고 환자가 ―지성이 아니라― 직감의 사분면에서 하는 말에 열심히 귀를 기울여야 합니다. 환자는 죽기 전까지 살기 위해, 말 그대로 **살** 수 있기 위해 자신이 무엇을 더 해야 할지 당신에게 알려줄 겁니다.

물론 처음에는 대부분의 환자가 거절을 할 것입니다. 여러분의 도움을 원치 **않을** 겁니다. 그 점을 명심하셔야 합니다. 환자는 예의를 지킬 때도 있겠지만 때로는 아주 무례하게 꺼지라고, 여러분이 할 일은 없다고 말할 겁니다.

타인을 돕고자 하는데 꺼지라는 말을 들으면 대부분의 사람들은 굉장히 충격을 받습니다. 하지만 거꾸로 생각해보십시오. 만일 여러분이 임종을 앞두고서 병석에 누워 있는데 누군가 여러분의 방으로 들어와서 괴로운 문제를 해결하도록 돕고 싶다고 말한다면 아마 분명 여러분도 일단은 "고맙지만 필요 없어요."라고 대답할 것입니다. 그런 식의 은밀한 문제를 이야기할 대상은 여러분이 직접 고르고 싶을 겁니다. 병원 직원이 보낸 사람하고는 그런 이야기를 하고 싶지 않을 겁니다.

환자가 싫다, 원치 않는다, 필요 없다는 느낌을 전달할 때는 항상 깊이 생각해야 합니다. 여러분이 어떤 사람 때문에 짜증이 날 때는, 특히 그 상대가 환자나 죽음을 앞둔 사람일 경우엔 그 사람이 당신에게 큰 선물을 선사할 것이기 때문입니다. 당신이 미처 해결하지 못해 여태 끌고 다니는 문제를 그가 건드림으로써 당신에게 생각할 기회를 제공할 것이기 때문입니다.

여러분이 자존감과 자신감이 충만한 사람이라면 환자가 "고맙지만 필요 없어요."라고 대답해도 아무렇지 않을 것입니다. 특히 남을 돕는 직업군의 종사자라면 '번아웃'을 예방하기 위해서라도 그런 자존감과 자신감을 키워야 합니다. **일주일에 80시간을 죽어가는 아이들과, 피살자 혹은 자살자 가족과, 도저히 이해할 수 없는 참혹한 비극과 마주한다 해도 마무리 짓지 못한 일을 마음에 품고 다니지 않는다면 '번아웃'에 빠지지 않을 테니까요.**

자연스러운 감정을
자연스럽게

신은 인간에게 다섯 가지 감정을 선사하셨습니다. 그 다섯 가지는 공포, 상심, 분노, 질투, 사랑입니다. 하지만 여섯 살만 되어도 이 자연스러운 감정들이 부자연스러운 것으로 바뀝니다. 자연스러운 것은 모두 힘과 에너지를 주지만 부자연스러운 것은 전부 기운을 앗아갑니다. 그래서 시간이 너무 오래 지체되면 병이 들고 '번아웃' 증상으로 발전하게 됩니다.

여기 계신 여러분 중에서 벌써 그런 번아웃을 경험하신 분이 계시나요? (몇 명이 손을 든다.) 그런 장애는 절대 존재하지 않습니다!

(뜻밖이라는 웃음소리) "나 '번아웃'이야."라고 말하는 것은 '귀신한테 홀렸다'는 말처럼 우스꽝스럽습니다. 여러분이 허락하지 않으면 절대 귀신은 여러분을 어떻게 할 수 없습니다.

'번아웃'은…… 여러분이 병원 중환자실에서 근무한다고 생각해 봅시다. 하루에 환자 다섯 명이 죽었습니다. 그런데 퇴근을 한 시간 앞두고 여섯째 환자가 들어오는 바람에 퇴근을 못하게 되었습니다. 여러분은 속으로 생각합니다. '또 한 사람을 더 봐야 하다니 못 견디겠어.' 그렇지만 그런 여러분의 절망, 무력감, 분노, 화, 부당한 대우에 대한 섭섭함을 아무한테도 털어놓지 않습니다. 여러분은 남을 돕는 사람이기에 자신의 실망과 나쁜 감정을 숨깁니다.

간호사가 자기 기분이 안 좋다고 마음대로 병원을 뛰쳐나가거나 울고불고 의사에게 하소연을 할 수는 없지 않겠습니까? 여러분은 미소를 띤 친절의 가면을 씁니다. 그러나 그런 방법으로는 얼마 못가 폭발 직전에 도달할 겁니다. 그래도 여전히 자제를 한다면 마지막 남은 기운까지 다 빼앗길 것이고, 결국 다음 날 아픈 것은 아니지만 병가를 낼 수밖에 없을 겁니다. 그걸 두고 사람들은 '번아웃 증후군'이라고 부릅니다.

여러분이 다시 지극히 정상적이고 자연스러운 인간이 된다면 제가 장담하지요. 일주일 내내 하루 열일곱 시간씩 일해도 가진 능력의 최고치를 발휘할 수 있을 겁니다. 가끔 좀 피곤하기는 해도 나쁜 마음을 품지는 않을 겁니다.

자연스러운 그 다섯 가지 감정에게 권리를 주세요. 그래야 부자연스러운 감정으로 변하지 않습니다. 이제부터 이 감정들 하나하나를 설명해보겠습니다.

우리 인간이 아는 자연스러운 **두려움**은 단 두 가지뿐입니다. 높은 곳에서 떨어질지 모른다는 공포와 예상치 못한 큰 소리에 대한 공포 그 두 가지입니다. 어린아이를 여기 위에 (그녀가 연단을 가리킨다.) 세워보세요. 어떤 아이를 데려와 세워도 똑같을 겁니다. 타고난 고소 공포 탓에 한 발자국도 앞으로 걸어가지 못할 것입니다.

사람들은 절 '죽음의 여자'라고 부릅니다. 저는 죽는 게 두렵지 않습니다. 하지만 누가 제 뒤에서 총을 쏘면 얼른 몸을 웅크릴 겁니다. 반응 속도가 너무 빨라 여러분들 모두 깜짝 놀라실 겁니다.

이것이 높은 장소와 시끄러운 소리에 대한 자연스러운 공포입니다. 이 공포 덕분에 우리는 부상을 예방할 수 있습니다. 생존에 도움이 되지요.

(그녀가 청중을 향한다.) 다른 공포가 있을까요? (웃음소리만 들린다.) 몇 가지만 말씀해보세요. (청중석에서 한 사람씩 외친다.) 죽음에 대한 공포. 그리고요? 실패. 산소 호흡기. 고독. 거부. 높은 장소. 미지의 것. 이웃 사람들이 어떻게 생각할까? 뱀, 쥐, 거미, 인간(킥킥 웃는 소리) 등등.

여러분은 이런 수천 가지의 부자연스러운 공포를 느끼고 그 탓에 사는 것이 힘듭니다. 그것으로 모자라 그 공포를 다시 자녀와 손자에게 전달하지요. 성경에도 쓰여 있지 않습니까? "아버지의 죄악을 자식에게 갚아 삼사 대까지 이르게 하리라." 흔히 '원죄'라고 할 때는 바로 이런 뜻입니다.

얼마나 많은 사람들이 생명력의 90퍼센트를 두려움 탓에 잃어버리는지, 얼마나 많은 일상의 결정이 두려움 때문에 내려지는지, 아마 여러분은 상상도 못하실 겁니다. 이 공포야말로 우리가 처리해야 할 가장 큰 문제입니다. 자연스러운 두 가지 공포를 제외한다면, 공포에서 자유로운 삶을 사는 사람만이 진실로 충만한 삶을 살 수 있습니다.

무엇이 두려운지 제대로 알지도 못하면서 그 두려움 때문에 우리 인간이 어떤 결정들을 내리는지 아마 상상도 못하실 겁니다. 이웃이 어떻게 생각할까 하는 두려움이 우리 아이들을 얼마나 괴롭히는지 모릅니다. 특히 사랑받지 못할 것이라는 두려움, 거부당할지 모른다는 두려움, 자랑스러운 자식이 되지 못할 것이라는 두려움이 아이들을 자살로 몰아갑니다. 오늘 밤에 집으로 돌아가시거든 —아이가 있으시다면— 되짚어보세요. 내가 아이에게 습관적으로 내뱉은 말에 얼마나 많은 조건을 달았던가? 이렇게 해야 널 사랑하겠노라, 저렇게 해야 널 아끼겠노라 말한 적은 없었던가?

이웃이 무슨 말을 할까, 사랑받지 못하면 어떻게 하나 두려워하지 않는 사람만이 온전하고 풍성한 삶을 삽니다.

아이의 관 앞에 서서 부모들은 제게 이런 말을 자주 합니다. "왜 아이를 힘들게 했을까요? 왜 우리 아이가 이렇게 예쁜 걸 몰랐을까요? 왜 밤마다 장난감을 갖고 논다고 야단을 쳤을까요? 왜 아이한테 잔소리를 했을까요? 지금은 아이가 장난감 가지고 노는 모습을 볼 수만 있다면 무엇이든 다 할 것 같은 심정인데요."

상심 역시 자연스러운 감정입니다. 뿐만 아니라 상심은 인간이 받은 가장 큰 선물 중 하나일 것입니다. 상심 덕분에 살면서 겪은 상실을 애도할 수 있으니까 말입니다. 여러분은 어릴 적에 얼마나 자주 울었습니까? 나쁜 일을 겪고 우는 아이를 부모가 울게 가만히 내버려 둔다면 그 아이는 어른이 되었을 때 훨씬 자기연민을 덜 느낄 겁니다.

하지만 우리는 너무 자주 울지 말라고 합니다. (그녀가 청중들에게로 향한다.) 어릴 때 울면 어른들이 뭐라고 하셨나요? (청중석에서 대답이 들린다.) "다 큰 녀석이 왜 울어?" "울보." "또 울 거면 방에 들어가서 울어." "아이고 또 우네, 또 울어." (청중들이 자기 이야기 같아서 웃는다.) 제가 제일 좋아하는 말은 이겁니다. "지금 당장 안 그치면 내가 울게 만들어주마!" (또다시 자기 이야기 같아서 웃는 웃음과 박수소리) 이런 말을 듣고 자란 아이는 나중에 어른이 되어서 상심과 관련된 모든 일에서 큰 문제를 겪습니다. 그리고 자주 자기연민의 강물에 빠지곤 하지요.

아이가 세발자전거에서 떨어져도 부모가 사고라고 호들갑 떨지 않고 그냥 울게 내버려 두면 몇 분 지나지 않아 아이는 다시 일어나 자전거를 탑니다. 이런 식으로 차근차근 인생의 폭풍에 대비하지요. 그런 아이는 겁쟁이나 울보가 되지 않을 겁니다. 억지로 참은 눈물의 바다를 질질 끌고 다니지 않을 테니 강인한 사람이 될 것입니다.

억지로 참은 상심은 기도 질환과 천식을 일으킬 수 있습니다. 환자가 울 수 있게 도와주면 천식이 멈춥니다. 물론 상심을 참았다고 해서 그것 자체가 천식을 **유발**한다는 말은 아닙니다. 하지만 억지로 참은 눈물이 천식과 다른 기도 질환의 발전에 크게 기여할 수 있다는 것은 확실합니다. 여러분의 가족 중에 천식 환자가 있다면 오랫동안 참아온 눈물을 흘리게 도와줘보세요. 그럼 얼마 안 가 증상이 훨씬 좋아질 겁니다.

분노와 화의 경우 상황은 더 안 좋습니다. 아이는 화를 내면 안 되거든요. 하지만 가만히 내버려 두어도 어차피 아이의 자연스러운 화는 보통 15초 정도면 끝납니다. "싫어, 엄마!" 딱 그 말을 할 정도의 시간입니다.

(그녀가 청중들을 향한다.) 어릴 때 화를 냈다고 엉덩이를 맞거나 벌을 받거나 방으로 쫓겨난 적이 있으신 분? (조용하다.) 여기 스웨덴에는 아무도 없나 보죠. (웃음) 그럴 리가 없어요. 화를 내도 한 번도 벌을 받은 적이 없는 사람이 몇 분이나 되실까요?

아이가 화를 내도 가만히 내버려 두는 부모는 많지 않습니다. 자연스러운 화는 단 15초밖에 안 걸린다는 사실을 부모님이 배우셔야 합니다. 15초만 기다리면 끝납니다. 아이는 언제 그랬냐는 듯 다시 하던 대로 돌아갑니다. 하지만 화를 내지 못하게 하거나 화를 냈다고 야단을 치고 벌을 주고 때리면 나중에 그 아이는 히틀러가 됩니다. 분노와 복수심과 증오가 들끓는 사람이 될 것입니다.

이 세상엔 그런 사람들이 그득합니다. 저는 일부러 히틀러라고 말합니다. 우리 모두의 마음속에는 히틀러가 숨어 있다고 믿기 때문이지요. 작은 히틀러건 큰 히틀러건 말입니다.

어릴 때부터 쌓여온 화를 인정하고 그것을 허락할 용기를 낸다면, 자신이 얼마나 자주 15초 이상 남에게 화를 내고 짜증을 내는지 깨닫는다면, 우리가 오랫동안 억눌러 왔던 것을, 분노와 증오와 복수라 부르는 것을 만나게 될 것입니다. 이 감정들은 마무리 짓지를 못해 사방팔방으로 끌고 다니는 무겁디무거운 짐입니다. 분노와 증오와 복수의 감정을 억누르거나 오랜 시간 마음에 가두어 둔다면 부자연스러워진 이 감정들은 결국 여러분의 신체 사분면을 공격하여 여러분을 병들게 할 것입니다.

예를 들어 —억누른 화에서 자라난— 증오는 질병의 탈을 쓴 살인마가 될 수 있습니다. 모든 부자연스러운 감정은 신체에 짝꿍이 있습니다. 예를 들어 대부분의 심장질환은 억눌린 두려움과 분노의 표현입니다. 집안에 심장병 내력이 있어서 식구들이 마흔 무렵만 되면 심장병에 걸리는데 여러분도 점점 마흔에 가까워진다면, 그래서 심장병에 걸릴 위험이 다모클레스의 칼처럼 머리 위에 대롱대롱 매달려 있다면 저의 워크숍에 한번 와보십시오. 분노와 두려움을 털어버릴 수 있게 도와드리겠습니다.

자신의 마음에서 들끓고 있던 것이 어느새 압력솥처럼 폭발 직전에 다다랐지만 여러분은 평생 그 사실을 몰랐을 것입니다. 두려움과 분노를 벗어던지세요. 그럼 젊은 나이에 발병하는 심장병 유전적 소인이 있다 해도 오래 사실 겁니다. 우리 사회의 많은 사람들을 죽이는 것이 바로 억누른 부정적 감정이랍니다.

질투 역시 자연스러운 감정입니다. 아주 자연스럽고 심지어 긍정적인 감정이지요. 질투는 어린아이들의 모방반사를 자극하고 더 커서는 스키, 스케이트, 플루트 연주, 독서를 따라하게 독려합니다. 그런데 이 아이의 질투를 야단치고 경멸하면 자연스럽던 감정이 시기와 경쟁심이라는 추한 감정으로 변질됩니다. 자연스러운 질투를 억누르고 타박하면 영원한 경쟁의 자세가 자라나게 되는 것이지요.

사랑은 가장 큰 문제입니다. 우리 세상을 거의 자멸의 길로 몰아가는 문제지요. 사랑을 제대로 이해하지 못하면 죽어가는 사람뿐 아니라 산 사람들하고도 문제를 겪게 됩니다. 사랑은 두 가지 측면으로 이루어집니다. 하나는 신체 접촉입니다. 만지고 포옹하고 쓰다듬으면 심리적 안정감을 얻을 수 있습니다.

나머지 하나가 제일 중요한 측면인데 대부분의 사람들이 자주 잊습니다. 그건 바로 "아니."라고 말할 용기입니다. 사랑하는 사람에게 "안 돼."라고 말할 용기입니다. 거절을 할 수 없다는 것은 두려움과 수치심 혹은 죄책감이 너무 크다는 증거입니다. 아이가 열

두 살이 되었는데도 신발 끈을 묶어주는 엄마는 사랑이 아니라 사랑의 정반대를 주는 것입니다. 아이에게 "안 돼."라고 하지 못하기 때문이지요.

우리 부모님들이 배워야 할 또 한 가지 거절이 있습니다. 아이를 너무 사랑해서 혼자 밖에 나가 놀지 못하게 하고 친구 집에서 자고 오지 못하게 하여 아이에게서 기쁨을 앗는 부모는 **자기** 욕망을 거절하는 법을 배우지 못한 사람입니다. 아이가 아무것도 하지 못하게 막는 일은 사랑의 표현이 아니라 정반대, 즉 자신의 공포와 미해결 문제를 아이에게 투사하는 행위입니다.

두려움과 수치심, 죄책감이 너무 커서 아이나 자신에게 이런저런 금지를 요구한다면 한 세대가 불구로 자라게 될 겁니다. 아이들은 진정한 삶을 살 수 없을 것이고 부모는 인생 최고의 경험을 못하게 될 것입니다.

한 번이라도 조건 없는
사랑을 받는다면

한 번은 여덟 살 아이의 집을 찾아간 적이 있습니다. 아이는 죽음을 앞두고 있었습니다. 방에 들어갔더니 부모님이 아이 곁을 지키고 계셨어요. 아이가 한 명 더 있었지만 이 집 식구가 아닌 것처럼 혼자 뚝 떨어져 창틀에 앉아 있었습니다. 저도 이웃집 아이가 친구 집에 놀러왔다고 생각했어요. 아무도 아이한테 관심을 보이지 않았고 아이하고 말도 안 했으며 저한테 소개해주지도 않았거든요. 다들 그 자리에 없는 사람 취급을 했어요. 환자의 집을 방문하면 정말 많은 것을 알게 됩니다. 저 역시 처음에는 가족이 하는 대로 아이를 완전히 무시했습니다.

대화를 하다 보니 그 꼬마는 아픈 아이의 동생이었습니다. 이름이 빌리였고 일곱 살이었지요. 집을 나오기 전에 전 빌리에게 그림을 한 장 그려보라고 시켰습니다. 그림을 보니 아픈 아이는 아무 문제가 없는데 오히려 **빌리**가 더 안 좋았습니다. 아이에게 무엇 때문에 괴로운지 물었지만 아이는 솔직히 털어놓지 못했습니다. 그래서 아이에게 그림을 한 장 더 그리라고 시켰고, 그 그림을 보고 나자 아이와 이야기를 나눌 수 있었습니다.

가정방문을 마치고 자리에서 일어선 저는 빌리에게 이렇게 말했습니다. "빌리, **네**가 대문까지 배웅해주면 좋겠구나." 아이가 벌떡 일어나며 물었습니다. "제가요?" 그래서 대답했지요. "그래 너, 너 혼자만." 아이 엄마에게는 제가 '매의 눈'이라고 부르는 눈빛을 던졌고요. (청중석에서 웃음) 그러니까 이런 의미였죠. "그 자리에 가만히 계세요. 절대 밖으로 나와서 이 꼬마와 주고받는 말을 엿듣지 마세요."

엄마는 제 뜻을 알아들었고 빌리와 저는 대문 쪽으로 걸어갔습니다. 문에 도착하자 아이가 제 손을 잡더니 부모가 못 듣게 문을 살짝 닫고는 저를 보며 말했습니다. "제가 천식인 줄 선생님은 아시죠." "그럴 줄 알았어." 저도 모르게 이런 대답이 튀어나왔습니다. 대부분 전 무슨 말을 할까 미리 고민하지 않습니다.

우리는 차가 있는 곳까지 걸어가서 앞좌석에 나란히 앉아서 차문을 반만 닫았습니다. 궁금한 부모가 아무리 애를 써도 볼 수 없게 말이죠.

"그러니까 천식을 앓고 있구나." 제 말에 아이는 슬픈 목소리로 대답했습니다. "근데 그걸**로는** 안 돼요." 제가 되물었습니다. "그걸로는 안 된다고?" 아이가 아주 담담하게 말했습니다. "형은 장난 감 전기기관차도 사주고 디즈니에도 데리고 가요. 뭐든 다 해주세요. 하지만 축구공이 갖고 싶어서 아빠에게 사달라고 했더니 안 된다고 했어요. 왜 안 되냐고 물었더니 아빠가 화를 내며 말씀하셨어요. '너도 암 걸리면 좋겠니?'"

이 부모님의 논리가 이해가 되세요? 이 아이의 비극을 아시겠어요?

아이들은 무슨 말이든 곧이곧대로 받아들입니다. 그러니까 많은 아이들에게서 심신질환이 나타나는 겁니다. 우리 어른들은 아주 대놓고 말합니다. "암에 걸리면 원하는 걸 다 가질 수 있어. 하지만 건강하면 어떤 요구도 안 통해." 그러니 그런 말을 들은 아이들이 무시무시한 분노를 느끼고 복수심과 자기연민에 빠져드는 것이 너무나 당연하지 않겠습니까.

결국 아이는 이런 생각을 할 수**밖에 없습니다.** "형이 아플수록 더 큰 선물을 받는데 나는 아직 많이 아프지 않으니까 더 아파야 해." 이렇게 심신질환이 시작되는 겁니다. 아이는 천식을 앓았고 병이 깊어질수록 그에게 돌아올 선물도 커질 것이라고 믿었지요. 이런 아이들이 자라 어른이 되면 조작의 천재가 됩니다. 원하는 것이 있을 때마다 드라마틱한 심장발작이나 천식발작을 일으킬 테니까요.

그런 아이는 형이 얼른 죽어 삶이 다시 정상으로 돌아오기를, 그 래서 자신에게도 다시 과거의 혜택들이 되돌아오기를 바랄 겁니 다. 그리고 당연히 그런 마음을 먹었다는 사실에 심한 죄책감을 느 끼겠죠.

안타깝지만 이런 형태의 부자연스러운 행동들이 자주 발견됩니 다. 우리는 부모들에게 거듭 당부합니다. 아이에게 말을 할 때는 정말로 조심해야 한다고 말이지요. 아이들은 정말로 말을 곧이곧 대로 받아들이거든요. 우리는 또 그런 아이들이 받지 못한 선물과 관심을 마음껏 애도하도록 도와줍니다. 슬퍼해도 좋다고 허락하는 것만으로도, 혹은 이웃이나 친구, 주변 사람들이 이 건강한 꼬마를 가끔씩 데리고 외출을 하여 아이에게 특별한 관심을 쏟아주기만 해도 큰 도움이 됩니다.

바로 이런 것이 예방 의학이요, 예방 정신의학입니다. 암에 걸리 지 않아도 사랑받을 수 있다고 아이가 믿게 될 테니까요. 모든 아 이들은 사랑이 필요합니다. 사랑받으면 암에 걸린 형을 쫓아가느 라 천식을 앓지 않아도 될 것입니다.

조건 없는 사랑을 받은 아이들, 자연스러운 분노를 마음껏 표출 할 수 있었던 아이들은 전혀 다릅니다. 그런 아이들은 죽음이 다가 오면 이제 그만 치료를 중단하자는 의사를 분명히, 단 몇 분 만에 전달할 수 있습니다. 아이들의 직감 사분면이 며칠밖에 안 남았다는 사실을 정확히 깨닫기 때문에 아이는 부모님이나 신뢰하는 의사, 간호사, 혹은 다른 누군가에게 이렇게 말할 것입니다. "이제 집으로 갈 시간이에요."

여러분에게 그런 아이의 말을 들을 능력이 있다면 절대로 환자가 말하고자 하는 포인트를 놓치지 않을 겁니다. 그 말의 뜻은 이것일 테니까요. "며칠밖에 안 남았어요. 이제 집에 가야 해요." 여러분은 아이의 말에 기쁠 것이고 용기를 내어 항암이나 기타 치료를 중단시킬 것입니다. 생명연장이 불가능하다는 사실을 환자가 이미 알고 있으니까요.

죽어가는 사람들을 곁에서 지키다 보면 얻는 것이 참 많습니다. 봉쇄를 풀고 마무리 짓지 못한 일을 해결할 마음만 있다면 여러분은 환자의 직감 사분면이 하는 말을 **들을** 수 있습니다. 지난 20년간 아이와 어른을 막론하고 죽어가는 사람들을 많이도 지켜보았지만 자신의 죽음을 모르는 사람은 단 한 사람도 없었습니다. 지성으로는 자신의 무엇이 문제인지 알 수 없는 다섯 살 아이도 마찬가지였습니다. 아이들은 —물론 학술어 대신 그림으로 표현하지만— 자신의 문제가 **무엇**인지도 알고 자기가 **언제** 죽을지도 압니다.

이 아이들이 하는 말을 귀 기울여 듣는**다면**, 부모가 자신들의 욕망을 아이에게 투사하지 않는**다면**, 의사 역시 환자는 환자 자신이 제일 잘 안다는 사실을 인정한**다면** 무의미한 생명연장 같은 문제는 사라질 것입니다.

제피의
자전거

죽어가는 아이들을 조금만 지켜보면 사랑의 결핍이 어떤 결과를 낳을 수 있는지 금방 알게 됩니다. 그럼 여러분은 자신의 마음을 들여다보고 자신의 아이들을 살피게 될 것이고, 죽어가는 아이들이 가르쳐준 교훈을 실천에 옮기려 애쓰게 될 테지요.

제가 만난 최고의 사례는 제피입니다. 아이는 9년의 인생 중 6년을 백혈병을 앓았습니다. 걸핏하면 병원에 입원을 했지요. 마지막으로 입원했을 때는 많이 아픈 상태였습니다. 중앙신경시스템이 망가져서 아이는 술에 취한 사람 같았습니다. 피부는 어찌나 창백

한지 무색에 가까웠고 똑바로 서 있기도 힘들어했습니다. 항암치료 탓에 벌써 몇 번이나 머리카락이 다 빠졌지요. 이제는 주사 바늘을 보기만 해도 아이가 경기를 일으킬 정도였죠.

얼핏 봐도 아이는 길어야 몇 주밖에 못 살 것 같았습니다. 그날 새로 온 젊은 의사가 회진을 했습니다. 6년을 한 가족과 함께 보내면 거의 식구나 다를 바 없습니다.

제가 제피의 방에 들어가니까 그 젊은 의사가 마침 아이 부모님께 이런 말을 하는 중이었습니다. "다른 항암치료를 해볼 겁니다."

나는 부모님과 의사들에게 물었습니다. 제피한테 새로운 치료를 받을 마음이 있는지 물어봤냐고요. 그 부모님은 아이를 조건 없이 사랑하는 분들이어서 제가 부모님이 있는 자리에서 제피에게 물어보도록 허락을 해주셨습니다. 제피는 정말로 멋지고 아이다운 대답을 던졌습니다. 그냥 이렇게 말했거든요. "왜 어른들은 건강하게 만든다면서 우릴 아프게 하는지 모르겠어요."

우리는 의논을 했습니다. 그 대답이 자연스러운 5초의 분노를 표현한 제피의 방식이었으니까요. 아이는 자존감과 권위, 자기애가 넘쳤기에 "고맙지만 안 할래요."라고 말할 용기를 낼 수 있었습니다. 아이의 부모 역시 아이의 말을 귀 기울여 듣고 아이의 뜻을 존중하고 받아줄 능력이 있는 분들이었습니다.

제가 작별 인사를 건네자 아이가 말했습니다. "싫어요. 꼭 **오늘** 집에 가고 싶어요." 아이가 여러분에게 "오늘 집에 데려다줘."라고 말하면 그건 정말로 시급한 것입니다. 그런 상황에선 아이의 부탁을 미루어서는 **안** 됩니다. 저는 아이 부모님에게 제피를 집으로 데려갈 준비가 되었냐고 물었습니다. 부모님은 사랑과 용기가 넘치는 분들이셔서 준비가 되었다고 대답하셨죠.

다시 작별 인사를 건넸습니다. 그런데 제피가 제게 말했습니다. 아이들은 항상 솔직하고 직설적이지요. "싫어요. 선생님하고 같이 집에 가고 싶어요."

전 시계를 들여다보았습니다. 그건 '너도 알다시피 모든 환자들을 집까지 데려다줄 시간은 없단다.'라는 뜻의 비언어적 상징 언어지요. 아이는 내가 아무 말 하지 않았어도 내 뜻을 금방 알아듣고 이렇게 덧붙였습니다. "걱정 마세요. 10분이면 돼요."

그래서 전 제피가 그 10분 동안 집에서 아직도 자신을 괴롭히는 마지막 문제를 정리할 것이라고 생각하며 따라갔습니다. 부모님, 제피, 제가 함께 집으로 차를 타고 갔지요. 진입로로 꺾어 들어가자 차고 문이 열렸습니다.

차고로 들어가 차에서 내리자 제피가 아빠에게 아주 담담하게 말했습니다. "벽에서 자전거를 내려주세요."

제피에겐 새 자전거가 있었습니다. 차고 벽에 못을 박아 걸어두었지요. 딱 한 번이라도 자전거를 타고 동네를 한 바퀴 도는 것이 오랫동안 아이의 꿈이었습니다. 그래서 아버지가 그 멋진 자전거를 사주었지요. 하지만 병마와 싸우느라 자전거를 탈 수가 없었습니다. 그렇게 지난 3년 동안 자전거는 벽에 매달려 있었습니다.

그런데 제피가 지금 아버지에게 자전거를 내려달라고 부탁했습니다. 눈물을 글썽이며 보조바퀴를 달아달라고 부탁했습니다. 아홉 살 아이에게 보조바퀴가 얼마나 큰 모욕인지 상상하실 수 있겠습니까? 그런 건 어린 꼬마들만 쓰는 것이잖아요.

아버지는 눈물을 글썽이며 보조바퀴를 달아주었습니다. 제피는 술 취한 사람처럼 비틀거리며 제대로 서지도 못했습니다.

아버지가 바퀴를 다 달자 제피가 절 보며 말했습니다. "이제 박사님이 우리 엄마 좀 꼭 붙들어 주셔야 해요."

엄마가 문제를 겪고 있다는 것을 아이가 알고 있었습니다. 엄마가 마무리 짓지 못한 문제로 자유롭지 못하다는 것을 알았던 겁니다. 엄마는 아직 자신의 욕망에 "아니"라고 말할 수 있는 사랑을 배우지 못했습니다. 그래서 죽을병에 걸린 아이를 번쩍 들어 자전거에 태우고 싶었을 것입니다. 동네 한 바퀴를 다 돌 때까지 자전거를 뒤에서 밀어주고 싶었겠죠. 그러나 만일 그랬다면 아이 평생 최고의 승리를 가로막았을 것입니다.

저는 엄마를 꽉 붙들었고 아이 아빠가 다시 **저를** 꽉 붙들었습니다. 우리는 서로를 말리면서, 다 죽어가는 연약한 아이가 혼자 힘으로 승리를 일구어낼 수 있도록 옆에서 지켜보는 일이 얼마나 고통스럽고 힘든지를 혹독하게 배웠습니다. 아이가 언제라도 넘어져서 다치고 피를 흘릴 수 있었으니까요.

제피는 달렸습니다. 얼마나 시간이 흘렀을까? 마침내 아이가 돌아왔습니다. 세상에서 가장 의기양양한 젊은이가 되어서 말입니다. 아이는 얼굴 가득 환한 미소를 지었고 올림픽에 나가 방금 금메달을 딴 선수 같았습니다.

아이가 의기양양하게 자전거에서 내리더니 자신감과 권위가 **넘치는** 표정으로 아빠에게 보조바퀴를 떼고 자전거를 자기 방으로 갖다 달라고 부탁했습니다. 그리고 담담하게 나를 향해 돌아서 이렇게 말했습니다. "박사님은 이제 가셔도 돼요." 아이는 약속을 지켰습니다. 전부 다 해서 10분밖에 안 걸렸거든요.

동시에 아이는 제게 최고로 멋진 선물을 주었습니다. 원대한 꿈을 이룬 아이의 위대한 승리를 곁에서 지켜볼 수 있게 해주었으니까요. 우리가 제피를 병원에 붙들어두었다면 **불가능**했을 일이었습니다.

2주 후 아이의 어머니가 전화를 걸어 제게 말했습니다. "어떻게 되었는지 알려드려야 할 것 같아서요."

제가 돌아간 후 제피가 말했습니다. "동생이 학교에서 돌아오면"—제피의 동생은 이름이 더기인데 초등학교 1학년입니다—"제 방으로 올려 보내주세요. 엄마 아빠는 들어오시면 안 돼요." 그 말 역시 '고맙지만 싫다'는 의미였습니다. 부모님은 아이의 뜻을 존중했습니다.

집에 돌아온 더기는 형의 방으로 올라갔습니다. 잠시 후 거실로 내려온 아이는 무슨 이야기를 했는지 물어도 한사코 고개를 저었습니다. 2주가 지나기 전에는 절대 말할 수 없다고 했죠.

제피는 더기에게 자기가 아끼는 자전거를 선물하고 싶다고 말했습니다. 그런데 2주 후인 더기의 생일까지 기다릴 수가 없다고 했습니다. 그땐 자기가 죽고 없을 테니까요. 그래서 지금 미리 주는데, 단 조건이 있다고 했습니다. 더기는 절대 그 짜증나는 보조바퀴를 달지 **말아야** 한다고요. (청중석에서 웃음) 그것 역시 5초짜리 짜증의 표현이었지요.

제피는 일주일 후에 세상을 떠났습니다. 그리고 일주일 후가 더기의 생일이었지요. 그제야 더기는 이야기의 끝을 털어놓을 수 있었습니다. 아홉 살 아이가 어떻게 마무리를 잘 지었는지를 말입니다.

당연히 제피의 부모님은 무척 슬퍼하셨습니다. 하지만 더 이상의 애도 **작업**은 필요하지 않았습니다. 두려움도, 죄책감도, 수치심도 없었으니까요. "아이의 마음을 헤아려 하고 싶은 대로 하게 해줄걸." 하고 후회하지 않았으니까요.

제피의 부모님은 자전거를 타던 아들의 모습과 미소 가득한 아들의 얼굴을 마음에 간직했습니다. 우리에겐 너무나 당연하지만 아이에겐 평생의 소원이었던, 그 위대한 승리를 거두고야 만 멋진 아들을 말입니다.

아이들은 무엇이 필요한지 압니다. 시간이 촉박하다는 것도 알고 무엇을 해야 할지도 압니다. 아이의 말을 듣지 못하게 막는 것은 오직 여러분 자신의 두려움, 여러분 자신의 죄책감과 수치심, 여러분 자신의 옹고집입니다. 바로 그것 때문에 여러분은 제피와의 순간처럼 정말로 소중한 순간을 놓칠 수도 있습니다.

그랬다면
얼마나 좋았을까?

털어버리지 못한 짐을 끌고 다니는 사례를 또 하나 소개해드릴까 합니다. 하지만 이번엔 증오나 애도 작업이 아닙니다. 인간은 좋을 때에는 감사해하지 않고 당연하다고 생각하는데……. (말을 멈춘다.) 혹시 여러분 중에 시어머님이랑 10년 혹은 그보다 더 오래 말을 안 섞고 계신 분이 있으세요? (청중석에서 웃음) 여기서 공개적으로 고백을 하라는 게 아닙니다. (웃음) 한번 자신에게 물어보세요. 왜 난 좋아하지 않는 사람에게 입을 다물어 그를 벌할까?

시어머님이 내일 돌아가신다면 여러분은 아마 꽃가게에 돈을 많이 주실 겁니다. 그래봤자 꽃가게 사장님만 좋은 일 시키는 겁니다. (웃음) 10년이면 충분하다고 생각하고 내일 밖으로 나가 꽃을 몇 송이 꺾어 시어머님께 가져다주세요. 사랑과 감사가 돌아오리라는 기대는 섣부릅니다. 시어머님이 꽃을 여러분의 얼굴에 집어던질지도 모릅니다. 그래도 어쨌든 여러분이 먼저 평화를 제의한 겁니다. 다음 날 시어머니가 돌아가신다면 슬프기는 하겠지만 애도 작업이 필요하지는 않을 겁니다. 슬픔은 자연스럽고 신이 주신 선물이지만 애도 작업은 "그때 내가 그랬다면……."이라는 후회와 다름없으니까요.

억지로 참은 상심과 분노, 질투와 부정적 감정만 여한으로 남는 것이 아닙니다. 아름다운 경험을 다른 이와 나누지 못했더라도 여한으로 남을 수 있습니다. 예를 들어 여러분의 인생에 많은 영향을 끼쳤고 여러분의 삶에 의미와 목표와 방향을 정해주신 스승님이 계십니다. 언제 한번 감사의 인사를 전하려 했는데 미루다가 그만 스승님이 돌아가셨습니다. 여러분은 생각할 겁니다. "편지라도 한 통 보냈다면 얼마나 좋았을까."

이런 여한과 후회를 가장 잘 보여주는 사례는 아마 베트남 전쟁 기간에 쓴 젊은 여자의 편지일 겁니다.

"그랬다면 얼마나 좋았을까?"라고 뉘우치는 편지이니까요.

그 날이 기억나?

내가 네 새 차를 빌려다가

박았잖아.

이제 죽었다 생각했는데

넌 아무 말도 안 했지.

해변으로 널 끌고 갈 때

네가 비올 것 같다고 했는데

진짜로 비가 왔잖아.

"내가 뭐랬어. 비 온다고 했잖아."

그렇게 지청구를 할 줄 알았는데

넌 아무 말도 안 했지.

질투심을 일으키려고, 널 화나게 하려고

남자애들하고 시시덕거렸어.

네가 날 떠날 것이라고 생각했지만

넌 내 곁에 남았지.

블루베리 케이크 한 조각을

새로 산 네 바지에 떨어뜨렸던 날은 기억나?

나랑 아주 연을 끊을 것이라고 생각했는데

넌 그러지 않았어.

까먹고 댄스파티라는 말을 안 해서

네가 청바지 입고 나타났던 날은?

너한테 한 대 얻어맞을 거라고 각오했는데

넌 그러지 않았지.

네가 베트남에서 돌아오면

하고픈 말이 너무나 많았어.

하지만 넌 돌아오지 않았지.

가족이 아니더라도 고마운 사람이 있다면 그분들이 세상을 뜨기 전에 여러분의 고마운 마음을 전하세요. 전하지 못한다면 그것 역시 여한으로 남습니다.

용기를 내어 ―우리 아이들처럼― 정직해진다면 아직 마무리 짓지 못한 일들을 솔직하게 인정할 용기도 낼 수 있을 것입니다. 그 일을 마무리 지으면 다시 건강해질 겁니다. 여러분의 직감과 영성의 사분면도 고개를 내밀 것입니다. 부정적인 것들을 던져버리기만 하면 됩니다. 그럼 여러분의 삶은 근본적으로 바뀔 것입니다.

이제 여러분은 환자의 말을 진실로 들을 수 있습니다. 그들이 도움을 원한다는 사실을 알게 됩니다. **누구한테** 도움을 받고 싶은지도 알게 됩니다. 항상 도움을 주는 사람이 당신이어야 하는 것은 아니니까요. 그들이 여한을 풀기 위해 **무엇**이 필요한지도 알게 됩니다.

죽어가는 사람들의 곁을 지키는 일이 굉장한 축복이 될 것입니다. '번아웃' 같은 것도 없을 겁니다. 해결하지 못한 소소한 일이 당신의 마음을 짓누르고 정원의 잡초처럼 자랄 때마다 다시 풀을 뽑을 시간이 돌아왔다는 사실을 알 테니까요.

여러분의 삶은 물론 건강까지 망가뜨리는 증오와 탐욕과 애도 작업과 나쁜 마음을 정리한다면 스물다섯 살에 죽건, 쉰 살에 죽건, 아흔 살에 죽건 그런 건 아무래도 괜찮다고 느낄 겁니다. 이제는 걱정할 일이 없다고 느낄 겁니다.

갑자기 세상을 뜬 사람에게서 이런 마음속 지혜의 샘물을 발견한다면 그 사람이 살해당한 아이이건, 교통사고로 갑자기 세상을 뜬 아이이건 그들은 자신이 죽을 **것은** 물론이고 **어떻게** 죽을 것인지도 이미 알았다는 사실을 확인하게 될 것입니다.

나이가 어릴수록 지혜가 더 풍성하다는 사실도 배워야 합니다. 여기에서 (머리를 가리킨다.) 아는 것이 적을수록 여기에서 (직감의 사분면을 가리킨다.) 더 많은 것을 알 것이며…… 항상 그런 것은 아니지만 어쨌든 대부분은 그렇습니다. 지성이 과도하게 발달한 사람들은…… 제가 무슨 말을 하는지 이해하실 겁니다. 우리는 오래오래 학교에 다니면서 직감을 잃어버립니다. 여기(머리)에서 모든 것을 분석하면서 여기(직감)가 훨씬 더 많은 것을 알고 있다는 사실을 잊어버리기 때문이지요. 지성의 사분면은 우리를 곤란하게 만듭니다. 그래서 직감의 사분면과 조화로운 균형을 유지하는 법을 반드시 배워야 합니다. 그런데 그게 너무 어렵습니다.

제가 무슨 말을 하고 싶은지 아시겠습니까? 해결하지 못한 일을 마무리 짓는 것이 세상을 바꿀 수 있는 유일한 길입니다. 이 자리에서 잠시 정신과 의사의 자격으로 돌아가 말씀드립니다. 너무 늦기 전에 세상을 정상으로 되돌려야 하기 때문입니다. **먼저 자신을 치유하지 못하면 세상을 치유할 수 없습니다. 그걸 꼭 깨달으셔야 합니다.**

사후생에
대하여

(청중석에서 한 남성이 질문을 던진다.) 다들 들으셨어요? ("아니오!") 저분은 사회 갈등에 어떻게 대처해야 할지, 저처럼 개인적 차원에서만 노력할 것이 아니라 사회적 차원에서 죽어가는 사람들을 위해 무엇을 할 수 있을지 질문하셨습니다. 여러분이 사회입니다! 1968년엔 미국 전역에서 죽어가는 사람들과 대화를 하고 의사와 신학자들에게 죽음 세미나를 연 사람이 저 하나뿐이었습니다. 그런데 지금은 어떻습니까? 지난 몇 년간 미국에서만 연간 12만 5000회의 세미나가 개최되었습니다. 한 사람에서부터 시작합니다. 여러분이

그 출발을 열 수 있습니다. 여러분은 이미 시작하셨습니다.

1970년에는 우리가 유일한 호스피스였습니다. 지금은 호스피스가 우후죽순으로 생겨나고 있습니다. 제 비유가 무슨 의미인지 아시겠지요? 이런 발전이 무조건 좋다고 생각하지는 않습니다.

호스피스 건립이 유행처럼 번지고 있습니다. 국가 보조금을 노리고, 혹은 정치적으로 유리해서 온갖 사람들이 나서고 있습니다. 하지만 그것이 사랑, 조건 없는 사랑에서 나온 행동이 아니라 수익을 노리거나 위신을 세우려고 하는 행동이라면 어떨까요? 혹은 이기심에서 나온 행동이라면요? 그런 것들은 아무짝에도 도움이 되지 않습니다. 그러니 여기 스웨덴에서 10만 명이 시작을 하는 겁니다. 여러분이 먼저 용기를 내어 임종을 앞둔 환자를 집으로 받아들이고, 환자의 이웃들이 환자의 남편과 아이를 자기 집으로 불러들이게 도와주는 것입니다. 사실 그런 일은 많은 사람이 필요치 않습니다.

여러분이 아무런 대가도 바라지 않고 그런 일을 한다면, 남 보란 듯 멋들어진 '죽음 센터'를 설립하겠다는 둥 다른 그 어떤 비윤리적 동기 없이 무료로 그런 일을 한다면 여러분은 죽어가는 환자들과 더불어 위대한 업적을 이룰 수 있을 겁니다. 한두 사람만 먼저 두려움을 무릅쓰고 시작할 수 있다면 그것으로 충분합니다. 그런 일을 하다 보면 여기저기서 이용당할 수도 있고 수많은 거절과 악담을 들을 수도 있습니다. 그래도 최종 결과는 충분히 노력할 만한 가치가 있을 겁니다. 제가 말씀드릴 수 있는 것은 이것뿐입니다.

(청중석에서 질문한다. "엄마를 자살로 잃은 아이에게 무슨 말씀을 해주시겠습니까?") 우리를 찾아오는 아이들 중엔 엄마를 자살로 잃은 아이가 적지 않습니다. 그런 아이에게는 설교를 늘어놓지 않습니다. 설득하지도 않습니다. 그림을 그리게 하고 그걸 보며 같이 이야기를 나눕니다. 그리고 아이에게 안전한 공간을 내어줍니다. 아이가 그곳에서 분노와 화와 부당한 대접을 받았다는 느낌과 끔찍한 상심을 표현할 수 있게 해줍니다. 그 모든 고통과 분노를 다 쏟아내고 발설할 수 있어야 우리의 작업이 시작됩니다. 왜 많은 사람들이 자살을 유일한 해결책으로 생각하는지, 아이가 그 이유를 납득하도록 우리가 곁에서 도와줍니다. 평가하거나 단죄하지 않는 공감의 태도로 아이에게 다가갑니다.

하지만 그러려면 우선 아이가 분노와 무력감을 마음껏 표현할 수 있어야 합니다. 당연히 안전하고 편안한 장소가 필요하겠지요. 우리 워크숍에서도 그런 식으로 작업합니다. 우리 워크숍에 참여하는 사람들은 전부가 다 마음에 큰 상처를 입은 사람들이거든요.

(엘리자베스가 청중에게 추가 질문이 없는지 묻는다. 오늘 밤의 다음 주제인 '사후생'으로 넘어가기 전에 아이들과 죽음에 대해 더 궁금한 것이 없는지 묻는다. 하지만 너무 많은 사람들이 사후생에 대한 질문을 던진다. 그녀가 한동안 아이들과 죽음에 대한 질문에만 대답을 하자 청중들이 초조감을 감추지 못한다. 엘리자베스도 이런 분위기를 느낀다. 아래는 청중들의 동요에 대한 그녀의 대답이다.)

(청중들이 못 기다리고 질문을 던진다. "사후생에 대해서는 언제 말씀하실 겁니

까?" 엘리자베스가 대답한다. "이승의 과제를 다 마치고 나면요.") (억지 웃음)

사후생에 대해 알고 싶다는 분들이 많이 계십니다. 그분들은 나쁜 마음과 여한을 품지 않고 조화롭고 충만한 삶을 살면 **진귀한 경험**을 하게 될 것이라는 사실을 모르고 계십니다. 그런 충만한 삶은 직감과 영성의 사분면을 활짝 열 수 있는 유일한 길입니다.

전 한 번도 신비한 경험을 하겠다고 일부러 무언가를 해본 적이 없습니다. 전 가만히 앉아 명상을 할 수 있는 사람이 못 됩니다. 고기도 먹고 커피도 마시고 담배도 피고 인도에는 한 번도 안 가봤으며 구루(영적 스승 – 옮긴이)나 바바(점성술에 능한 노인 여성 – 옮긴이)도 없는데도 (청중석에서 웃음) 온갖 (박수) 남들은 꿈에나 나올 신비한 경험들을 했습니다.

제가 하고 싶은 말은 그런 경험을 하겠다고 마약을 할 필요가 없다는 이야기입니다. 인도까지 날아갈 필요도 없고 이렇게 하라 저렇게 하라 알려주는 구루나 바바나 다른 사람들도 필요하지 않습니다. 영적 체험을 받아들일 마음의 준비가 되었고 두려움이 없다면 그런 경험은 절로 하게 될 것입니다.

준비가 아직 안 된 분들은 지금 제가 들려드리는 이야기를 믿지 않으실 겁니다. 하지만 여러분이 이미 '아는 자'라면 무슨 일이 있어도 그 지식은 흔들리지 않을 것입니다.

아는 것과 **믿는 것**의 차이를 아시나요? 그 차이를 알아야 ─무슨 일이 일어나든 관계없이─ 죽음은 존재하지 않는다는 사실을 **알** 것입니다. 저는 2000건의 임사체험을 수집했습니다. 그리고 이제는 차츰 사람들에게 죽음이 존재하지 않는다는 이야기를 해야 할 때가 왔다는 생각에 수집을 중단했습니다.

죽음의 순간에 무슨 일이 일어나는지 사람들에게 알리는 일이 무척 중요하다고 생각했습니다. 하지만 얼마 안 가 깨닫게 되었지요. (그녀의 목소리에 고통이 실린다.) 정말 비싼 대가를 치른 깨달음이었습니다. 제가 하는 말을 들을 준비가 된 사람들은 이미 알고 있었습니다. 제 말을 들을 준비가 된 우리 아이들이 자신이 죽을 것이라는 사실을 알았던 것처럼 말입니다.

믿지 **않는** 사람들은 당신이 수천 가지 사례를 제시해도 **여전히** 말할 겁니다. 그건 다 산소결핍 증상이라고요. 하지만 사실 그건 전혀 중요하지 않습니다. 그 사람들도 언젠간 죽을 것이고 그럼 진실을 알게 될 테니까요. (청중석에서 웃음과 박수) 많은 사람들이 그런 것을 인정하지 못하지만, 그건 **그 사람들**의 문제이거든요.

다만 제가 간직하고 싶은 제 안의 유일한 히틀러는 이런 것입니다. 제가 임사체험을 이야기할 때 격렬하게 저를 공격했던 사람들이 저편으로 건너올 때 제가 저편에 앉아서 깜짝 놀란 그들의 얼굴을 쳐다보며 (웃음) 비언어적 상징 언어를 사용하는 (웃음과 박수) 상상입니다.

그럼에도 저는 이제부터 여러분이 알아야만 하는 모든 것을 이야기하려 합니다. 물론 도움이 되신다면요.

사후생을 연구하는 사람들은 최대한 체계적이고 과학적으로 연구를 진행해야 합니다. 올바른 언어로 말하지 않으면 너무 '딴 세상

이야기'같이 들리거든요.

저는 지난 20년 동안 임종을 앞둔 환자들의 곁을 지켰습니다. 그 일을 시작할 당시에는 사후생에 대해 특별한 관심도 없었고 의학에서 말하는 정의 말고는 달리 죽음의 정의를 생각해본 적도 없었습니다. 의학에서 말하는 죽음의 정의를 자세히 들여다보시면, 인간이 고치로만 만들어진 존재인 듯 신체의 죽음에 대해서만 언급하고 있다는 사실을 깨닫게 될 겁니다.

저 역시 한 번도 그 정의를 보며 고개를 갸우뚱한 적 없는 의사이자 학자였습니다. 하지만 1960년대에 들어서자 처음으로 장기이식이 시행되었고 급속냉동 사회의 비전이 등장하였으며, 사람들은 돈과 기술로 죽음을 이길 수 있다고 믿었습니다. 그러자 의사로 사는 것이 차츰 힘들어지기 시작했습니다. 사람들은 죽음의 순간에 인간을 냉동하면서 그들에게 '20년 후' 암을 치료할 수 있게 되었을 때 다시 해동하겠다고 약속했습니다. 사람들은 가족을 '해동'시켜 살릴 수 있다는 망상을 품고 연간 9000달러라는 어마어마한 돈을 지불하였습니다.

그런 기현상을 낳은 정신자세는 이렇게 말해도 좋을지 모르겠습니다만 오만과 어리석음의 정점이었습니다. 무지와 어리석음이었고 우리의 유한성, 우리 모두의 근원에 대한 부인이었습니다. 삶은 의미가 있고, 이 물리적 세상에서 우리 생명이 영원해서는 **안 된다**는 사실의 부인이었습니다. 삶의 질이 우리에게 주어진 수명보다,

즉 생명의 양보다 훨씬 더 중요하다는 사실의 부인이었습니다.

그 시절엔 의사로 살기가 참 힘들었습니다. 특히 미국에선 더했죠. 그곳에선……. 그날이 기억나네요. 열두 명의 아이가 부모와 함께 대기실에서 기다렸습니다. 우리가 치료할 수 있는 아이는 그중 단 한 명뿐이었죠……. 모두가 투석을 해야 하는데 우리가 가진 장비로는 그렇게 많은 환자를 투석시킬 수가 없었습니다. 그래서 의사들이 그중 한 명을 골라야 했지요. 가장 오래 살 가치가 있는 아이가 누구일까요?

끔찍한 악몽이었습니다.

그러다가 간 이식과 심장 이식이 가능해졌고 심지어 뇌 이식 이야기까지 거론되었습니다. 그와 동시에 재판이 봇물처럼 밀려들었습니다. 우리의 물질주의가 그사이 이 분야에서마저 법적으로 다투는 지경에 이르렀던 것이지요. 생명의 연장은 수많은 난제를 동반했습니다. 이를테면 장기적출 시점에 환자가 아직 살아 있었다고 가족이 주장하면 의사는 장기를 너무 일찍 꺼낸 죄로 고발될 수 있습니다. 반대로 너무 오래 기다리면 쓸데없이 생명을 연장한다는 비난을 받지요.

생명보험회사 때문에 문제는 더 복잡해졌습니다. 예를 들어 온 가족이 사고로 사망한 경우 몇 분 차이라 해도 누가 제일 먼저 숨을 거두었는지가 엄청나게 중요합니다. 돈이 최우선이기에 보험금 수령자가 누구인지만 따지지요.

그러니 이 모든 일들로 제 마음이 흔들리지 않았다면 죽어가는 환자의 침상에서 겪었던 매우 특별하고 주관적인 저의 경험들도 없었을 것입니다. 저는 ―완곡하게 표현해― 회의론자였고 사후 생 문제에 관심을 가져본 적이 없었습니다. 그런데도 확실한 관찰들이 준 인상에서 헤어날 수가 없었습니다. 게다가 그런 관찰이 너무 자주 반복되었기 때문에 차츰 왜 지금껏 아무도 죽음의 **실제** 측면을 연구하지 않았는지 궁금해지기 시작했습니다. 특별한 학문적 관심도 아니었고, 당연히 법적 분쟁을 해결하기 위해서도 아니었습니다. 그저 지극히 자연스러운 호기심 때문이었습니다.

어느 날 ―법적인 문제가 몇 건 있어서 병원 측으로부터 소견서를 부탁받았던 터라― 상냥한 흑인 목사님과 이야기를 나누었습니다. 제가 아주 존경하는 분이죠. 당시 저는 그 목사님과 함께 시카고 대학에서 처음으로 죽음을 주제로 세미나를 열었습니다. 우린 정말 죽이 잘 맞는 이상적인 짝꿍이었죠. 그날 우리는 어떻게 해야 의학을 예전의 모습으로 되돌릴 수 있을지 고민했습니다. 전 구닥다리 스위스 시골 의사였고 제 직업에 관한 원대한 꿈이 있었습니다. 긴 대화 끝에 우리는 죽음의 정의가 없는 것이 진짜 문제라는 결론에 도달했습니다.

4700만 년 전부터 인류가 존재했습니다. 그리고 700만 년 전부터 지금의 존재 형태였습니다. 신성한 성품을 갖춘 그런 존재가 된 것이지요. 매일 전 세계에서 사람들이 죽습니다. 하지만 인간을 달로 쏘아서 다시 건강하게 지구로 데려올 수 있는 사회가 지금껏 현대의 요구에 맞는 포괄적인 죽음의 정의를 마련하려는 노력은 조금도 기울이지 않았습니다. 이상하지 않나요?

물론 죽음의 정의는 있죠. 하지만 그 모든 정의에는 예외가 있습니다. 예를 들어 신경안정제를 먹었거나 저체온인 사람은 뇌파도가 완전히 평평하지만 뇌에 손상을 입지 않고 다시 회복됩니다. 예외를 허용하는 정의는 누가 봐도 최종적인 정의는 아닙니다. 그래서 젊음의 열정에 불탄 저는 그날 그 목사님에게 이렇게 말하고 말았습니다. "죽음의 정의를 발견하는 날까지 살아 있겠노라고 하느님께 약속드립니다." 물론 죽음의 정의만 있으면 재판이 사라질 것이고 우리 모두 다시 환자를 고치는 의사 본연의 모습으로 돌아갈 수 있을 것이라 믿는다면 너무 순진하고 유아적인 발상일 것입니다.

살면서 자기가 하는 말을 믿지도 않고 실천할 생각은 아예 없으면서 말만 많은 목사들을 너무 많이 보았기 때문에 전 그날 제 앞에 선 목사님께도 이런 말을 던졌습니다. "매일 저 위 설교단에 말씀하시지요. 구하라, 그러면 얻을 것이다. 제가 구합니다. 제 죽음 연구를 도와주세요."

죽음은
존재하지 않는다

성경에 적혀 있습니다. "구하라, 그러면 얻을 것이다. 두드려라, 그러면 열릴 것이다." 달리 표현하면 "학생이 준비를 마치면 선생님도 찾게 될 것이다."라는 뜻이겠지요. 그 말이 딱 맞았습니다. 중요한 질문의 대답을 찾겠다고 호언장담한 지 일주일 만에 간호사 몇분이 절 찾아오셔서 슈바르츠라는 한 여성분의 경험담을 전해주셨습니다. 열다섯 번이나 중환자실에 들락거렸던 여성이었습니다.

들어갈 때마다 다들 이번에는 죽을 것이라고 예상했지만 매번 중환자실을 나와 퇴원을 했고 몇 주 혹은 몇 달을 집에서 지내다가 다시 중환자실로 되돌아갔지요. 이 여성이 우리의 첫 임사체험 케이스였습니다.

그 무렵에 저는 제 환자들이 죽음에 완전, 정말 완전히 가까웠을 때 나타나는 설명할 수 없는 다른 현상들에도 점점 촉각을 곤두세우기 시작했습니다. 다수가 사랑하는 사람이 곁에 있다는 '환각'을 하기 시작했고, 제게는 보이지도 들리지도 않았지만 누가 봐도 그들과 일종의 소통을 하였습니다.

걸핏하면 화를 내고 온갖 까탈을 부리던 환자들도 죽음 직전에는 완전히 긴장이 풀려서 명랑해졌고 암이 온몸으로 전이가 되었더라도 전혀 통증을 느끼지 못했습니다. 숨을 거둔 후 얼굴 표정은 믿을 수 없으리만치 평온하며 명랑했습니다. 분노의 단계나 신과의 협상 단계, 혹은 절망의 단계에서 죽음을 맞이한 환자들이 그런 표정을 지었을 때는 더 납득이 안 되었습니다.

어쩌면 가장 주관적일지 모를 경험은 제가 항상 환자 곁을 지키며 환자의 상태에 개입할 수 있었기 때문에 가능했습니다. 제 환자들은 제 삶의 깊숙한 본질을 건드렸고 저 역시 그들의 삶에 그렇게 닿았겠지요. 하지만 환자가 숨을 거두기 몇 분 전이면 이상하게도 환자를 봐도 아무 감정이 느껴지지 않았습니다. 제가 정상이 아닌가 걱정이 들기도 했습니다. 죽은 몸을 쳐다보면 봄이 와서 입지 않게 된 겨울 외투를 보는 것 같았습니다. 사랑하는 환자가 더 이상 머물지 않는 조가비의 이미지가 또렷하게 떠올랐지요.

우리는 사후생 연구가 실제로 가능하다는 깨달음을 얻었습니다.

그 깨달음 덕분에 제 마음을 크게 움직인 여러 가지 경험도 했고요. 이제부터 저는 오랜 세월 그런 현상을 연구하면서 배운 내용들을 짧게나마 여러분에게 소개할까 합니다. 요즘은 그런 현상을 보통 임사체험이라고 부르지요.

처음엔 그런 사례를 20건만 수집하면 원이 없겠다고 생각했습니다. 그사이 우리가 수집한 사례는 2만 건입니다. 그 사례들을 발표하지는 않았습니다. 연구 대상을 찾던 우리에게 경험담을 털어놓겠다는 환자들은 많았지만 모두가 이런 말로 말문을 열었거든요. "로스 박사님, 아무한테도 말 안 한다고 약속해주시면 말씀드리겠습니다." 그들은 거의 편집증 환자처럼 굴었습니다. 좀 신비하기도 한 아주 개인적인 경험을 겪고 돌아와 사람들에게 그 이야기를 털어놓으면 모두가 다정하게 어깨를 두드리며 말했겠지요. "약 때문에 그래." "그런 상황에서 환각을 보는 건 지극히 정상적이야."

상대가 자신의 경험을 이렇게 억지로 정신의학의 틀에 집어넣어버리면 당연히 화가 나거나 슬퍼질 겁니다. 우리 인간은 이해하지 못할 일에는 뭐든 꼬리표를 달아야 직성이 풀립니다. 이 세상에는 우리가 이해하지 못하는 일이 너무나 많지만, 그렇다고 해서 그것이 존재하지 않는 것은 아닙니다.

우리는 미국뿐 아니라 오스트레일리아, 캐나다에서도 그런 사례를 수집했습니다. 나이가 제일 적은 아이가 두 살이었고 나이가 제일 많은 할아버지가 아흔일곱 살이었죠. 문화와 종교도 다 달랐습니다. 에스키모, 하와이 원주민, 호주 원주민, 힌두교도, 불교도,

개신교도, 가톨릭 신자, 유대인, 종교가 없는 사람들, 그중에는 불가지론자나 무신론자라고 대답한 사람도 몇 명 있었습니다.

최대한 다양한 종교와 문화권에서 데이터를 수집하려고 했습니다. 우리 자료가 특정 영향 요인으로 인해 왜곡되지 않도록 안전을 기하고 싶기도 했지만 임사체험이 과거의 학습경험, 종교 혹은 다른 문화 조건과 관련 없는 **인간** 특유의 경험이라는 사실을 확실히 하기 위해서였지요.

질문에 응답한 모든 사람들이 죽음의 원인과 관계없이 똑같은 경험을 했다는 사실도 중요합니다. 사고사건 피살이건 자살이건, 오랜 투병을 거친 죽음이건 똑같았습니다. 그중 절반은 급사여서 당사자들이 해당 경험을 미리 대비하거나 예측할 수 없었습니다.

진실을 들을 준비가 되신 분이라면 굳이 멀리 가지 않아도 그런 케이스를 발견할 수 있습니다. 여러분이 정직하게 대하기만 하면 우리 아이들은 그것을 느끼고 여러분에게 자발적으로 자신의 지식을 전해줄 것입니다. 하지만 의도적으로 부정적인 태도를 취할 경우 아이들은 그것 역시 알아차리고 입을 다물어버릴 겁니다. 허풍이 아닙니다. 부정적 태도를 버릴 수 있으면 모든 것이 열릴 겁니다. 환자들은 그 사실을 느끼고 여러분과 이야기를 나눌 겁니다.

물론 여러분이 필요하고 여러분이 들을 준비가 된 지식은 모두 털어놓겠지만 그 이상은 아닙니다. 여러분 중에도 고등학생 수준이 있고 초등학교 1학년생 수준이 있을 겁니다. 필요한 것은 항상 얻게 되겠지만 원하는 것을 전부 얻지는 못할 것입니다. 그것이 우주의 법칙입니다.

거울을 보며 너무 뚱뚱하다고, 가슴이 납작하다고, 엉덩이가 펑 퍼짐하다고, 주름이 너무 많다고 매일매일 짜증을 내는 사람, 여러분은 그런 사람이 아닙니다. 그런 것들은 정말 **아무** 의미가 없습니다. 여러분은 있는 그대로 아름답습니다. 여러분은 단 하나밖에 없는 존재이니까요. 이 세상에는 수십억 명의 인간이 있지만 똑같은 사람은 단 한 사람도 없습니다. 일란성 쌍둥이도 똑같지 않아요. 그건 제가 제일 잘 압니다. 전 일란성 세쌍둥이거든요. (그녀가 살짝 웃는다.)

아우슈비츠와 마이다네크에서 죽은 아이들을 기억할 때 우리는 고치와 나비의 이미지를 사용합니다. 여러분은 나비의 고치와 같습니다. 거울에 담긴 여러분은 고치입니다. **진정한** 자아가 잠시 머무는 집일 뿐입니다. 그 고치가 돌이킬 수 없이 훼손될 때 여러분은 숨을 거둡니다. 그리고 ─죽음의 과정에서─ 물리적 에너지로 이루어진 고치는 나비를 풀어내지요.

고치를 파괴한 원인이 살인이건 자살이건, 급사이건, 오랜 질환이건 여러분은 똑같은 죽음을 경험할 것입니다. 죽음의 원인이 죽음의 순간에 닥치는 주관적 경험을 바꾸지는 못하거든요.

죽지 않는 자아의 불멸 부분이 물리적 껍질에서 해방됩니다. 매장되거나 화장되는 것은 여러분이 아니라 고치입니다. 그 사실을 잊지 마셔야 합니다. 어린아이들에게는 그 과정이 어떻게 일어나

느지 우리가 가르쳐줍니다. '탈피'의 순간 여러분은 정말로 아름다울 겁니다. 지금까지의 모습보다 훨씬 아름다울 겁니다. 완벽할 것입니다. 유방절제술을 받아 신체 일부가 사라졌다 해도 죽은 후에는 완벽해질 겁니다. 여러분이 갖게 될 신체는 이제 물리적 에너지가 아니라 심적 에너지로 이루어질 테니까요.

중요한 것은 단 하나,
사랑

모든 임사체험에는 몇 가지 공통점이 있었습니다. 지금부터 이에 대해 설명해보겠습니다.

물리적 신체를 떠나는 순간 우리는 공포나 두려움, 불안을 느끼지 않습니다. 우리의 인지력은 완전해집니다. 우리의 인지력이 의식을 넘어섭니다. 이제 우리는 우리 몸이 남아 있는 그 환경에서 일어나는 모든 일들을 완벽하게 인지할 것이기 때문입니다. 우리 시신 옆에 서 있는 사람들이 무슨 생각을 하는지, 어떤 핑계를 들이대며 거짓말을 하는지도 알 수 있습니다.

그 시간 내내 우리는 자신의 신체가 온전하다고 느낍니다. 병실이건, 심장 발작이 일어난 이후의 침실이건, 교통사고나 비행기 추락 사고의 현장이건, 우리는 사고나 죽음이 일어난 주변 환경을 아주 또렷하게 인식합니다. 우리를 소생시키려 애쓰거나 찌그러진 자동차에서 우리 몸을 빼내려고 낑낑대는 구급대원들도 훤히 보입니다. 우리는 일종의 분리된 정신 상태에서 몇 미터 떨어진 곳에서 사건을 관찰합니다.

물론 대부분의 경우 이 순간의 우리는 정신이나 작동하는 뇌와는 아무 상관이 없습니다. 이 모든 일들은 뇌가 전혀 활동의 신호를 보이지 않는 동안 일어나기 때문입니다. 의사가 일체의 다른 생명의 징후를 확인할 수 없는 시점에 일어나는 경우도 매우 흔합니다.

이런 상황에서 우리가 얻게 되는 두 번째 신체는 물리적 성격이 아니라 영적 성격입니다. 이 다양한 형태들을 만드는 물리적 에너지, 심적 에너지, 영적 에너지의 차이에 대해서는 잠시 후에 다시 살펴볼 겁니다.

나비가 억지로 고치 안으로 들어감으로써 다시 살아난 모든 환자들이 감사해하지는 않습니다. 신체 기능이 되살아나면 신체에 동반하는 통증과 장애 역시 되돌아오기 때문이지요.

영적 신체의 상태에서는 고통과 장애가 없습니다. 그것이 평소 바람의 투사가 아니냐고 묻는 동료들이 많습니다. 충분히 이해할 수 있는 일이니까요. 몸이 마비되고 귀가 안 들리고 눈이 안 보이는 장애로 오랫동안 고통을 받았다면 그 고통이 끝나는 시간을 간절히 바랄 것입니다. 그러나 그것이 바람의 투사가 아니라는 사실은 정말로 쉽게 확인할 수 있습니다.

첫째로 우리가 수집한 사례의 절반이 예기치 못한 갑작스러운 사고나 임사체험입니다. 피해자의 다리가 절단되었는데도 운전자가 도망을 쳐버린 뺑소니 사고처럼 무슨 일이 일어날지 예상할 수 없는 경우들입니다. 차에 치인 사람은 물리적 신체를 떠나는 순간 도로에 놓인 자신의 잘린 다리를 보았습니다. 그러면서도 동시에 두 다리가 붙은 온전하고 완벽한 영적 신체를 인식하였습니다. 이 경우는 그 남자가 다리가 잘릴 것을 예상하였으므로 다시 걸을 수 있기를 바라는 소망이 투사된 것이라고 결코 유추할 수 없을 것입니다.

둘째로 임사체험이 바람의 투사인지 알아낼 수 있는 훨씬 더 간단한 방법이 있습니다. 빛도 보지 못하는 맹인들에게 임사체험에서 무엇을 보았는지 물어보는 것입니다. 그것이 바람의 투사라면 그 사람들은 주변 환경을 세세한 부분까지 정확하게 묘사할 수 없을 겁니다.

우리는 실제로 여러 명의 맹인에게 물어보았습니다. 그랬더니 누가 제일 먼저 방에 들어왔고 누가 소생을 도왔는지는 물론이고 그 자리에 있었던 사람들이 입었던 옷까지도 세세하게 묘사했습니다. 바람의 투사에 불과했다면 결코 불가능했을 일이었지요.

이런 경험은 기독교에서 가르치는 부활과는 다릅니다. 임사체험 당시 우리가 거주하는 신체는 심적 에너지로 만들어진 일시적인 현상 형태입니다. 그 신체 덕분에 우리는 죽음을 끔찍하고 충격적이고 무서운 경험이 아니라 기분 좋은 재합일로 느끼게 됩니다.

　죽고 나면 일단 건널목을 상징하는 어떤 것을 통과합니다. 그것이 어떤 모습인지는 문화에 따라 다릅니다. 어떤 문화권에서 살았느냐에 따라 문도 될 수 있고 다리나 터널의 모습일 수도 있습니다. 그곳을 통과하고 나면 빛이 보입니다. 말로는 표현할 수 없을 만큼 환한 빛입니다. 하얗다고 하기에는 더 하얗고 환하다고 하기에는 더 환합니다. 그것에게로 다가가면 무조건적 사랑이 우리를 감쌉니다. 그런 경험을 한번 해본 사람은 이제 영원히 죽음이 두렵지 않습니다. 죽음은 무서운 것이 아닙니다. 진짜로 중요한 것은 우리가 어떤 삶을 사느냐 하는 것이거든요.

　그 환한 빛을 본 사람들은 짧은 순간이나마 모든 **지식**을 갖게 됩니다. 아쉽게도 진짜 죽은 게 아니라 임사체험이라서 되돌아오게 되면 대부분 잊어버리지요. 그래도 많은 사람들이 가장 중요한 것은 기억합니다. 바로 우리의 삶은 온전히 자신의 책임이라는 것, 비판하고 책임을 떠넘기고 심판하고 증오해서는 안 된다는 것이지요. 우리의 물리적 삶은 **우리**의, 우리 자신의 책임입니다. 이 사실을 깨달으면 우선순위가 바뀝니다.

　그 환한 빛은 문화권에 따라 '그리스도', '하느님', '사랑', '빛'이라고 부릅니다. 이름이 무엇이든 그 신비의 빛이 환한 곳에서 우리는 그동안 저질렀던 모든 행동의 책임을 지게 됩니다. 그동안 우리가 얼마나 윤리적 결정을 내리지 않았는지, 그런 결정의 결과로 인해 얼마나 고통을 받았는지 문득 깨닫게 되지요.

그 순간 우리는 알게 됩니다. 중요한 것은 단 하나, 사랑이라고요. 그 밖의 다른 것은, 능력과 훈장, 우리가 번 돈, 우리가 가진 모피 코트는 아무짝에도 소용없다는 것을 알게 됩니다. 우리가 **무엇**을 하는지는 중요하지 않다는 것도 깨닫게 됩니다. 진짜 중요한 것은 그 행동을 **어떻게** 하는지입니다. 다시 말해 사랑으로 그 일을 하는지가 중요한 것이지요.

완벽하게 무조건적인 사랑에 감싸인 우리는 그동안 저지른 행동을 다시 돌이켜 보아야 합니다. 행동만이 아니라 우리가 품었던 생각, 우리가 뱉었던 말도 모두 다시 되돌아보게 되지요. 그리고 우리는 모든 지식을 갖게 됩니다. 그 말은 우리의 모든 생각과 말과 행동과 결정이 타인에게 어떤 영향을 미쳤는지 알게 된다는 뜻입니다. 우리의 삶은 학교입니다. 그곳에서 우리는 시험을 치릅니다. 우리는 원심분리기에 들어갑니다. 거기서 깨져버릴지 반들반들 갈려서 보석처럼 윤이 날지, 그것은 남이 아니라 우리의 결정입니다.

주변에서 찾아보면 임사체험의 사례를 수천 가지 수집할 수 있을 겁니다. 하지만 굳이 그럴 필요가 없습니다. 믿고자 하면 믿을 것이고 알고자 하면 알 것입니다. 그럴 마음이 없다면 15만 가지 사례를 만나고도 15만 가지 이유를 들이댈 것입니다. 그건 그 사람들의 문제겠지요.

강연을 마치기 전에 무디의 첫 작품 《사후생Life After Life》이 유익할 것이라는 말씀을 드리고 싶습니다. 이 주제를 다룬 책들 중에서는 유일하게 근거가 확실한 책이지요. 하지만 그 책도 죽음이 무엇인지를 알려줄 수는 없을 겁니다. 임사체험에 대해서만 다루고 있거든요.

물리적 에너지로 이루어진 물리적 신체를 털어버리고 **나면** 우리는 눈이 멀지도 않고 사지가 잘리지도 않고 유방이 적출되지도 않았으며 장애도 없는 완벽한 두 번째 신체를 창조할 겁니다. 정신의 힘을 통해서요. 그러니까 그것은 **심적** 에너지를 이용해 인간이 만들고 조종하는 신체입니다.

그러다가 '영원히 죽으면', 이런 끔찍한 표현을 다시 써도 된다면 '회복 불가능하게 죽는다면' 우리는 또 다른 형태를 띨 것입니다. 우리가 태어나기 전과 죽은 후에 띠는 형태이지요. 그 과정은 무디의 말대로 터널을 지나 빛을 향해 걸어갈 때 일어납니다. 그 빛은 순수한 영적 에너지이지요. 영적 에너지는 이 우주에서 유일하게 인간이 조작할 수 없는 에너지 형태입니다.

이 분야를 연구하고 싶거나 더 높은 단계의 의식을 공부하고 싶다면, 그리고 삶의 복잡한 구조를 더 알고 싶다면 두 가지를 배워야 합니다. 첫째는 '**현실적**'과 '**현실**'의 구분입니다. 둘째는 물리적 에너지와 심적 에너지, 영적 에너지의 구분입니다. 혹시 사탄과 지옥의 존재를 다룬 과학 잡지를 읽어보셨을지 모르겠습니다. 혹은 심장병 환자들이 특히 무서워하는 악몽의 경험담을 읽어보신 분도 있을 겁니다. 그런 악몽은 매우 현실적이지만 현실은 아닙니다. 그건 자기 공포의 투사입니다. 말했다시피 정말로 **현실적**이지만 **현실**은 아니지요.

심적 에너지는 앞서도 말했듯 인간의 작품입니다. 이 에너지는 우리에게 주어진 선물입니다. 선물을 악몽과 부정적이고 나쁜 경험으로 바꿀지 축복으로 바꿀지는 여러분에게 달렸습니다. 그러니 여러분은 심적 에너지를 파괴에 쏟아붓지 말고 치유에 활용하시기 바랍니다.

심적 에너지를 사람을 죽이는 데 사용하는 대표적인 사례가 부두교입니다. 심적 에너지를 이용하여 부두의 저주를 두려워하는 사람을 죽입니다. 저도 할 수 있습니다. 저도 심적 에너지로 부두를 두려워하는 모든 사람을 죽일 수 있습니다. 하지만 여기 모이신 모든 분들이 정말로 힘이 센 여러분의 심적 에너지를 모두 모아 저를 저주한다고 해도 제가 부두를 겁내지만 않으면 저의 털끝 하나도 건드리지 못할 것입니다.

부정적 태도는 부정적 태도만 먹고 살 수 있습니다. 자녀들이 두려움과 죄책감을 느끼지 않게 키우셔야 합니다. 마음에서 히틀러를 몰아낼 수 있게 키우셔야 합니다. 그럼 모두가 마더 테레사가 될 것입니다. 여러분이 다시 정직해진다면, '어린아이들처럼' 될 수 있다면 진실로 필요한 것이 무엇인지도 깨닫게 될 겁니다. 자신과 자신의 부정적 태도를 속이지 않는 것, 그것이 필요합니다. 자신의 부정적 태도를 버리겠노라 용기를 낸다면 다시 건강해질 것이고 조건 없는 사랑과 자제를 배울 수 있을 겁니다. 그리고 이런 태도를 타인들에게도 전할 것이고 자녀들에게도 가르칠 수 있을 겁니다.

리처드 앨런Richard Allen은 아버지의 생을 기록하며 아주 멋지게 이 진리를 표현했습니다. 그의 아버지는 부정적인 인간의 표본이 었습니다. 하지만 자신의 부정적 태도와 비판적 본성을 버리려 노력했고 마침내 완벽한 무조건적 사랑을 배워 그 사랑을 자식과 손자들에게 전해줄 수 있었습니다. 그랬기에 리처드는 아버지를 보내드리며 삶의 의미를 고민하는 이런 시를 지었습니다.

사랑할 때 당신은 가진 모든 것을 내어줍니다.
한계에 부딪칠 때면 아무리 힘들어도
더 많은 것을 내어주지요.
죽음의 얼굴을 마주하는 순간 중요한 것은 단 하나,
당신이 주고받은 사랑이기 때문입니다.
그 밖의 다른 것들,
업적과 노력과 투쟁은
다 잊힐 것입니다.
당신이 많이 사랑하였다면
당신의 삶은 고통스러울 가치가 있었을 겁니다.
그리고 그 기쁨은 마지막 순간까지 남을 것입니다.
하지만 사랑하지 않았다면

죽음은 때가 아닐 때 찾아와

겁을 줄 것입니다.

오늘의 강연은 관습과 세계관의 경계를 넘어서는 북미 인디언들의 기도로 끝마치려 합니다. 우리 모두가 형제자매라는 사실을 새삼 상기시키고 싶기 때문입니다. 수백 년 전에 지은 기도문이지만 그때나 지금이나 똑같이 우리의 심금을 울립니다.

바람 속에 당신의 목소리가 있고,

당신의 숨결이 세상 만물에게 생명을 줍니다.

나는 당신의 많은 자식들 가운데 작고 힘없는 아이입니다.

내게 당신의 힘과 지혜를 주소서.

나로 하여금 아름다움 안에서 거닐게 하시고,

내 두 눈이 오래도록 석양을 바라볼 수 있게 하소서.

당신이 만든 물건들을 내 손이 소중히 다루게 하시고,

당신의 목소리를 들을 수 있도록 내 귀를 예민하게 하소서.

당신이 우리 선조들께 가르치신 지혜를

나 또한 배우게 하시고,

모든 나뭇잎과 돌 틈에 감춰둔 교훈들을 깨닫게 하소서.

다른 형제들보다 내가 더 위대해지기보다

가장 큰 적인 나 자신과 싸우도록 힘을 주소서.

나로 하여금 깨끗한 손, 영롱한 눈으로

언제라도 당신에게 갈 수 있도록 준비시켜 주소서.

그래서 저 노을이 지듯이 내 목숨이 사라질 때,

내 영혼이 부끄럼 없이 당신에게 갈 수 있게 하소서.

감사합니다.

세 번째 강연
우리 시대의 치유

워싱턴, 1982년

삶의 의미,
고통의 의미

(이번 세미나에선 엘리자베스가 첫 연사가 아니다. 한 남성이 그녀를 거창하게 소개한다.) "이번 세미나를 준비해주신 훌륭하신 분들께 감사를 드립니다. 우리 시대가 낳은 가장 비범하고 탁월한 여성들 중…… 한 분을 이곳으로 모셨으니 말입니다. 이분은 이미 많은 사랑을 받으셨고 많은 사랑을 주셨습니다. 엘리자베스 퀴블러 로스, 당신의 전 작품은 삶의 유일한 축제입니다. 오늘 이곳에서 당신을 만나는 것이 얼마나 큰 영광인지 우리는 잘 압니다. 다시 한 번 당신께 감사 인사를 드립니다!" (박수)

(엘리자베스가 약간 머뭇거리며 입을 연다.) 감사합니다……. 감사합니다……. 감사합니다. 정말 감동적이군요. 이렇게 많은 분들을…… 오늘 밤 여러분을 기다리는 새로운 이야기를…… 들어주실 준비가 되신 분들을…… 뵈니 가슴이 벅찹니다. 여덟 시부터 여러 가지 이야기가 오갔는데요. 다 알아들으신 분들이 몇 분이나 되시는지 모르겠군요……. 어쨌든 전 못 알아들었습니다. (놀람의 탄성, 웃음)

하지만 그래도 괜찮습니다. 제가 말한 건 부정적인 비판이 아니니까요. 우리는 격동의 시대를 살고 있습니다. 새로운 것, 놀라운 것이 너무 많아서 올가, 셀마, 엘머, 혹은 저 역시도 지금 무슨 일을 하는지 완벽하게 이해할 수가 없는 시대입니다.

우리가 뭘 하는지 잘 모르는 사람들은 우리더러 미쳤다고, 현실에 발을 붙이지 않았다고 말합니다. 그 밖에도 우리에게 온갖 이상한 이름을 갖다 붙입니다. 여러분도 정신병자로 몰려보시면 그것이 참으로 축복이란 것을 아시게 될 것입니다……. (놀람의 침묵에 이은 따뜻한 웃음과 박수) 자신 있게 축복이라고 생각하실 겁니다. 당연히 전 정신병이고…… (웃음) 전 평생 정신병입니다. 현실감각을 너무 협소하게 정의하여서 지극히 일상적이고 평범한 것에 대한 감각이라고만 해석한다면 그럴 겁니다.

제 사무실에는 멋진 포스터가 걸려 있는데요, 거기에 이렇게 적혀 있습니다. "비판이 싫다면 아무 말도 하지 말고 아무 짓도 하지 말고 아무것도 되지 마라." 그것도 한 가지 방법입니다. 하지만 오늘 저녁 여기 오신 여러분은 그런 부류가 아닐 겁니다. 물론 그렇다고 해서 다른 사람들보다 잘났다는 것은 절대 아닙니다. 그 점을 명심하시기 바랍니다. 고등학교에 다니는 아이들도 동생이 유치원에 다닌다는 이유로 동생을 깔보지는 않을 겁니다.

우리 모두는 느리지만 확실히 깨달을 겁니다. 물리적 형태의 삶은 근본적으로 학교에 불과합니다. 배우고 성장하고 시험을 치러야 하는 학교입니다. 성장할수록 시험이 어려워집니다. 그리고 시간이 갈수록 이 길에는 선생도 학생도 없다는 사실을 깨달을 겁니다. 차원은 다르지만 우리 모두는 그저 배우는 학생에 불과합니다.

왜 제가 이런 말씀을 드리는 걸까요? "자연이 뇌에게 둘러친 장벽은 의식이다."라는 말이 있습니다. 그 말을 들으면 제 입에선 절로 "다행이다!"라는 말이 튀어나옵니다. 뇌에 장벽이 있어서, 한계가 있어서 얼마나 다행인지 모릅니다. 뇌가 한계를 모른다면 우리는 견딜 수 없을 겁니다. 갑자기 하루종일 오르가즘을 느낄 수 있게 된 것과 같습니다. 그럼 설거지는 누가 하겠습니까? (큰 웃음소리와 박수) 절대 농담이 아닙니다. (더 큰 웃음소리)

저는 인간으로 태어난 것이 선물이라고 생각합니다. 지금 태어난 아이들은, 조금 전 여기로 오기 전에 제 방으로 태어난 지 3주된 아기가 찾아왔습니다. 뛰어난 두뇌들이 모조리 모이는 이곳 워싱턴에서요. 여러분 중 누가 그 아기와 같은 것을 창조할 수 있겠습니까? 10억 달러가 있다 해도 그럴 수 있는 사람은 없습니다. 아무도 그럴 수 없습니다.

저는 더 높은 의식 단계의 이론을 연구하는 사람이 아닙니다. 전 평생을 지극히 세속적으로 환자 치료에 바쳤습니다. 하지만 제가 다른 편으로 가지 않았다면 저는 지금 하는 일을 할 수 없었을 겁니다. 죽어가는 아이들 곁을 지킬 수 없었을 겁니다. 살해당한 아이의 부모, 잠깐 우유 사러 다녀온 사이 충격으로 아들 셋을 한꺼번에 잃은 어머니, 불과 6개월 동안 아이들을 전부 암으로 잃은 부부를 차마 지켜보지 못했을 겁니다.

제가 아는 한 의사의 아버지는 마흔 살에 치매에 걸렸습니다. 아들은 점점 더 상태가 심각해지다가 결국 헌팅턴병으로 세상을 떠나기까지 망가져간 아버지의 모습을 곁에서 지켜보았습니다. 내내 아들은 혼자 물었습니다. "내가 저 병을 물려받을 확률인 50퍼센트에 포함될까?" 어느 날 그는 자신에게서 치매 증상을 발견하였습니다. 아이들은 아직 유치원에 다니고 있었습니다. 이제 3년만 지나면 그는 죽기 몇 년 전의 아버지처럼 변할 것입니다. 그가 생각할 수 있는 유일한 해결방안은 자살입니다.

동전의 다른 면을 몰랐다면 전 하루 열여덟 시간 일할 수 없을 겁니다. 일주일에 7일을 두려움과 고통과 통증과 공포를 지켜보지 못할 것입니다. 삶의 의미는 물론이고 통증의 의미, 심지어 비극의 의미까지 이해하려 노력한다면, 그리고 이해하기 힘든 삶의 기적을 진실로 납득하려 노력한다면 우리는 매일 이런 기적에 감사를 드릴 것입니다. 인생의 화양연화만이 아니라 고달픈 시간도, 아니 그 시간에게 특히 더 감사를 올릴 것입니다.

춤추고 노래하고 웃을 수 있다는 것에
고마워한 적이 있는가

얼마 전 어떤 젊은 간호사한테서 전화를 받았습니다. 그녀는 어머니를 너무나 사랑했기에 연명치료를 할 상황이 되면 집으로 모시겠다고 어머니께 약속했습니다. 그런 상황이 되면 그건 삶이 아니라는 데에 두 사람의 의견이 일치했기 때문이지요. 엄마와 딸은 사랑이 가득 채워진 충만하고 진실한 삶을 살고자 했습니다. 왜 전화를 했냐는 저의 질문에 딸이 대답했습니다. "한 가지 부탁이 있어서 전화드렸습니다. 한 번 더 저희 어머니와 대화를 나누어주세요. 오늘이 어머니가 말씀을 하실 수 있는 마지막 날이거든요."

그녀의 어머니는 진행이 빠른 신경질환을 앓고 계셨습니다. 발가락에서 시작된 마비 증상이 빠르게 온몸으로 퍼져나갔으므로 언제 말을 할 수 없을지, 언제 호흡이 멎을지 거의 정확히 판단할 수 있을 정도였습니다. 그러니까 호흡기를 끼고 그 상태로 계속 살 것인지 아니면 그냥 죽을지 어머니가 결정을 내려야 하는데, 오늘이 어머니가 말을 할 수 있는 마지막 날이라는 것이었습니다.

전 어렵지 않은 부탁이라고 생각해서 흔쾌히 승낙했습니다. "그러지요. 어머님 귀에 전화기를 대주세요." 딸이 어머니의 귀에 전화기를 댔고 어머니가 말을 했습니다. 하지만 아무리 애를 써도 무슨 말인지 알아들을 수가 없었습니다. 언어 장애가 있는 환자가 자신과 같이 사는 가족이고 지금 옆에 있는 상황이라면 알아듣기가 쉽겠지만 생면부지의 타인인 데다가 전화로 이야기하는 경우 의사소통은 완전히 불가능한 일이었습니다. 그런 경우에는 항상 솔직해야 합니다. 아이들이나 환자에게는 절대로 못하는 일을 할 수 있는 척해서는 안 됩니다.

그래서 그 딸에게 말했죠. "무슨 말인지 못 알아듣겠어요. 그렇지만 보아하니 미처 마무리 짓지 못한 아주 중요한 일이 있는 것 같아요. 어머님이 반드시 말씀을 하셔야 할 것 같아요. 그런데 제가 지금 유럽으로 떠나야 해서요." 그 순간 제 입에서 즉흥적으로 이런 말이 튀어나왔습니다. "거기가 어디죠?" 그녀가 대답했습니다. "선생님 계시는 곳에서 네 시간 거리예요." 제가 대답했습니다. "아, 그건 힘들겠는데요. 왕복 여섯 시간이면 어떻게 해보겠는데 여덟 시간은 불가능해요. 어쨌든 비행기를 타야 하니까요."

전 충동적인 인간인지라 또 이런 말을 하고 말았습니다. "하지만 전 기적을 믿어요. 제가 어머님을 뵈어야 한다면 뵙게 되겠죠. 어머님을 트럭에 싣고 ―어머니가 목까지 마비가 되었거든요― 제게로 달려오시면 저 역시 그쪽으로 가겠습니다. 만나서 도로 구석에서 상담을 갖도록 합시다." (웃음) 더 좋은 명칭이 생각이 안 나지만 전 자주 그렇게 합니다. 길치만 아니면 제법 운영이 잘 되거든요.

우연인지 필연인지 그 딸도 간호사였던지라 이렇게 대답했습니다. "저도 기적을 믿습니다. 어머님 댁이 로스앤젤레스 반대편에 있어요. 그곳으로 오시면 제때 마치고 스위스행 비행기를 타실 수 있을 겁니다."

이제 친구만 찾으면 만사 오케이였습니다. 교통경찰을 무서워하지 않고…… (웃음) 번개처럼 달려 저를 로스앤젤레스로 데려다줄 친구말이죠. 우리는 차에 올라 날다시피 로스앤젤레스로 향했습니다.

드디어 환자의 집에 도착했습니다. 그 순간 우리가 어떤 광경을 예상할지 여러분도 짐작하실 겁니다. 쉰다섯 살의 여성. 당시 저도 그 연배였죠. 목까지 마비되어 침대에 누워 있는 여성, 비참하고 불행한 표정을 예상했죠. 그런데 들어가는 순간 얼굴을 가득 채운 환한 미소가 저를 맞이했습니다.

그 여성과 이야기를 나누면서 저는 그분이 제게 무슨 말을 하고 싶었던 것인지 알아내려 노력했습니다. 그분이 하고 싶었던 말씀은 이런 것이었습니다. 집에서 죽을 수 있게 된 것이 다 저의 덕이

어서 제게 감사 인사를 전하고 싶었다. 물론 집으로 데려온 사람은 딸이지만 예전에 저의 강연을 듣지 않았더라면 지금쯤 호흡기를 달고 있었을 것이다. 호흡기를 달고 사는 게 끔찍한 악몽은 아니겠지만 아주 불편했을 것이고 무엇보다 가장 큰 선물을 받지 못했을 것이다. 12주 전에 태어난 손녀를 보지 못했을 테니까. 그분은 말씀하셨지요. "손녀와 제가 만나지 못했을 겁니다. 병원 곳곳에 이런 글귀가 붙어 있었거든요. 아동 출입 금지."

그래서 그분은 제게 감사 인사를 전하려고 했던 것입니다. 제가 부탁을 드렸습니다. "지금 마음이 어떠신지 말씀해주세요. 그래야 우리가 더 대화를 나눌 수 있을 테니까요. 내일 아침 일어나면 팔과 손가락이 움직이지 않을 것이라는 사실을 알고 그날 밤 기분이 어떠셨어요? 몇 달 전만 해도 정원을 거닐었고 전부 혼자서 다 하셨잖아요. 그런데 지금은 엄밀히 말하면 목 부분까지는 죽은 것이나 다름없잖습니까."

그런 상황에선 누구라도 자기연민이 가득한 슬픈 눈빛으로 오래 저를 쳐다봅니다. 그러나 그분의 얼굴에는 다시 미소가 떠올랐습니다. 조금 전보다 더 환한 미소였지요. 그분은 말씀하셨습니다. (우리는 글자판으로 대화를 나누었습니다.) "무슨 일이 있었는지 말씀드리죠. 아침에 일어나니 팔이 마비되었습니다. 그리고 순식간에 턱까지 마비되었죠. 딸이 상황을 파악하고는 제 방으로 들어와 아무 말 없이 세 달 된 손녀를 뻣뻣해진 제 팔에 안겨주었습니다. 전 아이를 가만히 지켜보았지요. 아이가 갑자기 손가락과 손과 팔을 치켜

들더니 쭉 뻗었습니다. 그 순간 전 생각했습니다. 이 얼마나 큰 축복인가! 55년 동안 이 선물을 마음껏 누리다가 이제 그것을 손녀에게 전해줄 수 있다니."

그분이 침을 흘리기 시작했습니다. 그래서 제가 —제가 좀 심술궂거든요— 이렇게 말했죠. "이런, 침을 흘리시네." 그리고 이렇게 말했습니다. "몇 달 전이었다면 이렇게 침 흘리는 모습을 누가 보고 있다면 기분이 참 안 좋았을 것 같아요." 그분이 웃으며 대답하셨습니다. "어떻게 그렇게 잘 아세요? 몇 달 전이었다면 아무에게도 이 꼴을 보이고 싶지 않았겠죠. 그런데 박사님, 이젠 우리 둘이서, 손녀하고 저하고 같이 침을 흘려요. 같이 웃고요."(청중석에서 웃음)

제가 무슨 말을 하고 싶은지 아시겠습니까? 우리는 가진 것을 고마워할 줄 모릅니다. 이를테면 혼자서 욕실까지 걸어갈 수 있다는 것, 두 발로 걸을 수 있다는 것, 그런 것을 고마워하시는 분이 여기 몇 분이나 계십니까? 춤추고 노래하고 웃을 수 있다는 것에 고마워하실 분이 몇 분이나 되십니까? 잃고 나서야 겨우 가졌던 선물의 진정한 가치를 깨닫습니다.

지금 여러분이 더 높은 의식 단계에 이른다면 얼마나 비극적일지 상상하실 수 있으신가요? 그 상태를 소중히 여길 줄 모를 테니까요.

아주 간단합니다. 모든 사람은 치유될 수 있습니다. 모든 인간은 더 높은 의식 단계에 이를 수 있습니다. 다른 건 아무것도 필요 없습니다. 그저 가진 것을 소중히 여기기만 하면 됩니다. 가진 것의 가치를 온전히 인정하지 못하도록 방해하는 것들을 멀리하기만 하면 됩니다. 어떻게 시작해야 할까요? 아주 쉬운 말로 설명해보겠습니다.

구루나 바바를 찾아다니지 마세요. 당신의 진짜 스승이 되어줄 사람은 대부분 가장 스승 같지 않은 사람입니다. 저는 미국에서 일을 시작하고 얼마 안 있어 시카고 대학에서 죽음 세미나를 시작했습니다. 당시 전 그야말로 '비호감'이었습니다. 의사가 죽어가는 사람들에게 관심을 가진다는 이유로 모욕을 당했고 사람들이 많은 곳에서 꾸지람을 당한 적도 있었죠. 정말 힘들었습니다. 외로웠고 너무 아프고 힘들었습니다. (그녀의 목소리에 살짝 고통이 서린다.) 사람들은 절 주…… 죽은…… 죽은 자들의 새라고 불렀죠. 지금 돌이켜보니 백 년쯤 지난 까마득한 옛날 일 같습니다.

너무나 외로울 때, 온전히 혼자일 때, 얇은 얼음판을 걷고 있을 때는 조심조심하면서 어디까지 가야 얼음이 깨지지 않을지 정확히 살펴야 합니다. 더 높은 의식 단계의 경험을 남들에게 알리고 싶을 때에도 마찬가지입니다. 확신이 안 선다면 천천히 다가가세요. 그래도 확신이 안 선다면 그냥 입을 다무는 편이 낫습니다. 당신의 말을 들어줄 사람이 아직 준비가 되지 않았으니까요. 상대가 행여 준비가 안 되었더라도 섭섭하게 생각하지 마세요. 그것도 별스러운 일이 아니니까요.

당시는 정말 괴로운 시기였습니다. 너무 힘들고 곤란한 상황인데 아무도 절 도와주지 않았습니다. 제 환자들만 절 지지해주었지요. 환자들은 제게 이런 신호를 보냈습니다. 잘하고 있습니다. 이대로 계속하세요! 환자들은 바통을 이어가며 제게 힘을 실어주었습니다. 그 고단했던 시절, 극도로 예민하고 마음 약한 시절을 거치면서 저는 훌륭한 정신과 의사가 되었습니다. 누구를 믿을 수 있을지, 누구를 조심해야 할지 살피기 위해 날을 곤두세웠으니까요.

그 외롭던 시절에는 도덕적 지지가 절실히 필요했습니다. 병원의 목사도 제 편을 들어주지 않았습니다. 전 온전히 혼자였습니다. 딱 한 사람, 그 흑인 청소부만 빼고.

가장 스승 같지 않은 사람이
진짜 스승

저의 가장 큰 스승은…… 평생 전 그분이 제게 주신 가르침에 감사
드려야 할 것입니다……. 무슨 말로도 그 은혜를 다 갚을 수 없을
테니까요. 물론 그분은 모르실 거예요. 자신이 얼마나 큰일을 했
는지.

　대학 병원에서 일하던 그 흑인 청소부는 말로는 표현할 수 없는
능력을 가지셨습니다. 교양도 없고 고등 교육을 받아본 적도 없고
당연히 의학 지식을 갖춘 것도 아니었습니다. 그런데 그분에게는
뭔가가…… 그게 뭔지는 모르겠습니다. 그분이 죽어가던 제 환자

들에게 무슨 짓을 했는지 저도 알고 싶었습니다. 그분이 환자의 방에만 들어갔다 하면 그 안에서 무슨 일이 일어났습니다. 그분의 비밀을 알 수만 있다면 백만 달러라도 내놓았을 겁니다.

어느 날 복도에서 그분을 만났습니다. 전 속으로 생각했지요. "학생들한테 만날 설교하잖아. 궁금하면 제발 물으라고." 그래서 마음을 다잡고 그분을 향해 성큼성큼 걸어가서 상당히 쌀쌀맞게 물었습니다. "내 환자들한테 무슨 짓을 하는 겁니까?" (청중석에서 웃음)

당연히 그분은 소스라치게 놀랐습니다. 당장 방어 자세로 돌입하더니 이렇게 대답했지요. "아무 짓도 안 했어요. 방 청소만 했습니다." (청중석에서 웃음) 전 스위스 사람입니다. 그래서 흑인 청소부가 백인 정신과 교수와 편히 대화를 나눌 수 없다는 생각을 미처 하지 못했습니다.

전 그분께 말했습니다. "전 그렇게 생각하지 않아요." 하지만 그분은 절 믿지 못했기에 허둥지둥 도망치고 말았습니다.

몇 주 동안 우리는 서로의 주변을 맴돌며 염탐을 했습니다. (웃음소리) 서로 염탐? 그 말이 무슨 뜻인지 여러분도 잘 아실 겁니다. 그건 비언어적 상징 언어의 가장 간단한 사례이지요. 인간은 서로를 알고 싶을 때, 상대가 실제로 누구인지, 상대가 쓰고 다니는 가면 뒤에 어떤 인간이 숨어 있는지 알아내고 싶을 때 염탐을 합니다.

몇 주 냄새를 맡은 후에 결국 그분이 용기를 내셨지요. 하루는

다짜고짜 제 팔을 잡더니 간호사 병동 뒤편의 방으로 저를 끌고 들어갔습니다. 그러고는 제가 던진 질문과는 전혀 관련이 없고 제가 이해할 수도 없는 너무나 극적인 이야기를 들려주셨지요. 전 그분이 무슨 말을 하려는 것인지 얼른 짐작이 되지 않았습니다.

그분이 말씀하셨죠. 자기는 63번가에서 자랐다고, 그곳은 너무나 가난한 환경이라고. 먹을 것도 없고 아이들이 아파도 약을 쓸 수 없는 그런 환경이라고.

그분의 이야기에서 유일하게 아직도 기억나는 구체적인 사실이 있습니다. 그녀가 세 살 사내아이를 품에 안고 병원에 앉아 몇 시간 동안 의사가 오기만을 기다렸고, 그사이 아이는 그녀의 품에 안겨 폐렴으로 죽었다는 내용이었습니다.

그분은 그 고통스러운 이야기를 털어놓으면서도 증오나 원한, 분노 같은 부정적인 감정을 전혀 내비치지 않았습니다. 그때만 해도 전 너무 순진해서 이렇게 물으려던 참이었습니다. "왜 이런 얘기를 저한테 하세요? 이게 우리 환자들이랑 무슨 상관이 있어요?" 하지만 저의 생각을 읽은 사람처럼 그분이 말씀하셨죠. "로스 박사님, 저는 죽음이 낯설지 않습니다. 아주 오래전부터 알던 친구 같아요. 그래서 죽음이 겁나지 않습니다. 어떨 때 박사님 환자의 방에 들어가면 환자가 너무 겁에 질려 있어요. 그럼 저도 어쩔 도리가 없습니다. 다가가서 안아주고 달래주지요. '그렇게 겁먹을 필요는 없어요.'라고 말입니다."

그분이 안 계셨다면 ―진심으로 말씀드리는 겁니다― 그분이 안 계셨다면 전 견디지 못했을 겁니다. 구루나 바바를 찾아다니지 말라는 말은 바로 이런 뜻입니다. 여러분의 스승은 온갖 모습으로 변장하고 나타날 것입니다. 아이의 모습, 치매에 걸린 할머니의 모습, 흑인 청소부의 모습으로 말입니다.

그분은 자신이 어떤 일을 했는지 전혀 모르실 겁니다. 얼마나 많은 사람들의 삶에 개입했는지 모르실 겁니다. 여러분이 살면서 무슨 일을 했는지는 중요하지 않습니다. 중요한 것은 단 하나, 그 일을 사랑으로 하는 겁니다.

그래서 전 그 청소부를 ―동료들은 무척 못마땅하게 생각했지만― 저의 첫 조교로 승진시켰습니다. (웃음과 박수) 그분이…… (엘리자베스가 말을 중단하고 청중들을 향해 아주 다정한 목소리로 질문을 던진다.) 솔직히 대답해보세요. 고소하다는 마음에서 박수를 친 분이 계십니까? (놀람의 침묵)

적대감 때문에 박수를 치신 분은 안 계십니까? (여전히 조용하다.)

의사들과 지도층에 대한 반감 때문에 박수를 치신 분? (드문드문 박수, 웃음, 마지막으로 한 사람이 외친다. "브라보!")

네, 그렇습니다. 여러분이 그런 태도를 고수하신다면 세상이 나아지지 않는 책임을 지셔야 합니다. (망설이는 박수소리) (여전히 다정한 말투로) 너무나 중요합니다. 그 사실을 깨달으셔야 합니다. 우리가 욕하고 의심하고 비판하고 평가하면, 그럴 때마다 이 세상에 부정적 태도가 늘어납니다.

왜 고등학생이 초등학교 1학년을 상대로 우월감을 느껴야 합니까? 제 말이 무슨 뜻인지 이해하셨습니까? 그런 태도에 담긴 것은 교만입니다. 제가 제대로 표현을 했나요? (망설이는 박수소리)

(아주 다정한 말투로) 세상을 치유하고 싶다면 먼저 자신을 치유해야 합니다. 그 전에는 세상을 치유할 수 없다는 사실을 깨달아야 합니다. 한 사람이라도 멸시하고 심판하거나 비판한다면 여러분은 히로시마, 나가사키, 베트남, 마이다네크, 아우슈비츠에 책임이 있습니다. 진심입니다. (청중석이 조용하다.)

직관이
시키는 일

저는 저의 죽음 세미나에 항상 무작위로 선발한 환자들을 참석시
키곤 했습니다. 당시엔 모든 것이 생판 처음이라서 환자들의 도움
에 전적으로 의지했습니다. 환자 없이 단 10분도 혼자 버틸 수 없
을 것 같다는 게 제일 큰 걱정이었습니다. 환자가 없다면 저 혼자
무슨 말을 해야 할지 막막했을 테니까요. 그게 벌써 만 년 전의 일
입니다. (웃음) 사실은 13년 전 일입니다.

어느 날 참석하기로 한 환자가 세미나 시작 10분 전에 숨을 거두
었습니다. 두 시간의 세미나가 큰 산처럼 떡 버티고 있는데 말입니

다. 새파란 풋내기였던 저는 무슨 말을 해야 할지 앞이 캄캄했습니다. 세미나 장으로 가는 내내 만나는 사람마다 붙들고 하소연을 했습니다. "도와주세요. 두 시간 동안 뭘 해요? 그냥 휴강할까요?" 하지만 그럴 수가 없었습니다. 정말 멀리서 강연을 듣겠다고 온 사람들도 있었거든요.

하는 수 없이 연단에 섰습니다. 두려운 순간이었습니다. 참가자 80명 중에 환자는 한 명도 없었습니다. 그 순간은 제 인생에 휘몰아친 수많은 폭풍우 중 하나였고, 이어진 두 시간은 저의 죽음 세미나를 유지시킨 가장 중요한 교훈 중 하나를 주었습니다.

의대생, 신학생, 간호사, 목사, 랍비가 뒤섞인 다채로운 집단을 향해 저는 말했습니다. "여러분도 아시다시피 오늘은 환자가 안 계십니다. 환자와 대화를 나누는 대신 오늘은 우리가 몸담고 있는 이 의학부에서 가장 골치 아픈 문제를 골라 그 문제에 대해 이야기하는 시간을 가져보면 어떨까요?"

이제 이 집단이 무슨 짓을 할 것인가? 저의 온 신경은 이 두 시간을 어떻게든 보낼지에만 집중되어 있었습니다. 그런데 뜻밖에도 참가자들은 모든 환자가 죽어 나간 어느 진료과의 전문의에 대해 이야기를 나누고 싶다고 했습니다. 그 진료과에 대한 자세한 설명을 피하겠습니다. 그 의사분의 신원이 밝혀질지도 모르니까요.

그 의사 역시 우리 모두가 그렇듯 치료와 생명연장 기술밖에는 배운 것이 없다는 점이 문제였습니다. 그 이상의 문제에 대해선 아무런 도움도 받지 못한 것이지요. 그리고 그의 환자는 모두가 죽었습니다.

환자들 모두 암이 온몸으로 전이되어서 손으로 만져도 암이 자라는 것을 느낄 수 있을 정도의 상황을 타개하기 위해 의사는 위험한 방어 전략을 자체 개발했습니다. 죽어가는 환자들에게 무조건 완전히 건강해졌다고 말한 것입니다. 몸 상태가 나쁜 건 그냥 마음 때문이라고요.

그래서 많은 환자들이 실제로 정신과를 찾아왔습니다. 의사의 말대로 병이 마음 탓이라면 정신과의 도움이 필요할 테니까요.

저도 그 환자들을 만나게 되었습니다. 병원에서 정신신체장애도 제 담당 분야였거든요. 이제 제가 환자들을 도와 온몸에 암이 전이되었다는 '비합리적' 공포로부터 해방시켜주기만 하면 문제는 절로 해결될 것 같았습니다. 그런데 엑스레이를 보니 그들의 생각이 맞았습니다. 암이었습니다. 그 의사가 저를 얼마나 엄청난 갈등 상황으로 몰아넣었는지 짐작이 가시겠지요. 환자들에게 "정신과에 올 사람은 당신이 아니라 당신 의사"라고 말할 수는 없었습니다. 절대로 그럴 수는 없었습니다. 한 사람을 돕겠다고 다른 사람에게 상처를 주어서는 안 됩니다. (청중석이 조용하다.)

더구나 어떤 기관이든 어느 정도의 연대감은 지켜주어야 합니다. 그래서 솔직히 이 의사에게 문제가 있다고 말할 수가 없었던 거지요…….

그런데 그날 세미나 참석자들 역시 그 의사와 잘 지내지 못했고, 그 이야기를 하고 싶어 한다는 사실이 밝혀진 것입니다. 저는 그때만 해도 어떻게 해야 할지 감을 잡지 못했습니다. 전 연단에 서서 저를 바라보는 80쌍의 눈동자를 쳐다보며 생각했습니다. '이제 어쩌지?'

그래서 제가 말했습니다. 저는…… 그 의사와…… 여러분이 어떤 사람에게 부정적인 감정만 잔뜩 품고 있다면 절대로 그를 도와줄 수 없다고 생각합니다. 누군가를 도와주려면 그에게 공감을, 이해나 사랑을, 어쨌든 최소한의 호감을 품어야 합니다. 죽이고 싶을 만큼 밉다면 ―저도 벌써 수천 번은 더 죽이고 싶었습니다― 그 사람을 도와줄 수 없습니다. 그래서 그 자리에 모인 사람들에게 말했습니다. 정신과 의사로서는 저도 그 의사를 환자로 받을 수 없다고 말입니다.

그런 다음 그들에게 질문을 던졌습니다. 성직자, 랍비, 의사, 간호사, 온갖 남을 돕는 직업군으로 구성된 그들에게 말입니다. "혹시 여러분 중에서 그 의사를 좋아하시는 분이 계신가요? 그를 좋아하시는 분이 계시다면 손을 드시겠습니까?" 아무도 손을 들지 않았습니다.

전 절망해서 한 사람 한 사람을 쳐다보며 다시 물었습니다. "아무도, 조금이라도 좋아하는 마음이 없나요?" 그때 갑자기 한 젊은 여성이 손을 번쩍 들었습니다. 전 저도 모르게 숨어 있던 공격성을 그 불쌍한 젊은 간호사를 향해 발사해서…… (청중석에서 웃음) 그녀를 빤히 쳐다보며 물었습니다. "어디 아프세요?" (큰 웃음소리) 당시만 해도 아프지 않으면 그런 인간을 좋아할 수 없다고 생각했던 겁니다.

즉시 놀라우리만치 멋진 토론이 시작되었습니다. 그리고 우리가 근본적으로 매우 차별적인 행동을 하고 있었다는 사실을 깨달았지요. 우리 모두가 죽어가는 환자들에게만 사랑과 애정과 공감을 바쳤기 때문입니다. 그 사랑의 한 조각만이라도 다른 주변 사람들에게 건네주었더라면 정말로 좋았을 겁니다. 함께 일할 수밖에 없는 끔찍한 의사들에게도 환자에게 주는 것과 똑같은 아량과 사랑과 공감을 베푼다면 아마 세상은 훨씬 더 나아질 테니까요.

전 그 간호사에게 물었습니다. "어째서 이 많은 사람들 중에 당신만 그 의사를 좋아하게 되었나요?" 사람을 함부로 평가하는 과거의 제 입장에서 보면 그는 사랑할 만한 면모가 전혀 없는 사람이었거든요.

그 젊은 간호사는 대단히 진지했습니다. 자리에서 일어나서…… 아주 조용했고, 거만하거나 건방진 태도는 전혀 보이지 않았습니다. 매우 침착하고 겸손한 태도로 그녀는 모두를 바라보며 말했습니다. "여러분은 그분을 모르십니다. 그분을 잘 모르세요." 전 반박하고 싶었습니다. "나도 그 멍청이랑 같이 일해요."(엘리자베스가 일부러 건방진 말투로 말한다.)라고 말하고 싶었지만 참았습니다. 대신 진심으로 귀를 기울여 간호사가 하고자 하는 말을 들으려 노력했습니다. 분명 그녀는 그 남자에 대해 제가 모르는 것을 알고 있었으니까요. 그리고 그녀가 우리에게…… 말했습니다. "여러분은 모르세요. 전 밤 근무를 합니다. 그분은 매일 밤 오셔서 회진을 하십니다. 다른 분들이 다 가시고 나면 혼자 오셔서 입원실을 쭉 도십니다. 오실 때는 '나 잘났다' 하는 거만한 태도로 오십니다. 하지만 환자의 방에 들어갔다 나오실 때는 얼굴이 반쪽이 됩니다. 두 번째 방에 들어갔다 나오실 때는 얼굴이 더 안 좋습니다. 그리고 마지막 방에서 나오실 때는 쓰러지기 일보 직전입니다."

간호사는 의사의 심리적 고통에 대해 이야기했습니다. 회진을 마치고 간호사실에 들어올 때 그 가련하고 불쌍한 그의 모습을 말입니다. 그리고 말했지요. "밤이면 밤마다 되풀이됩니다. 어떨 땐 저도 모르게 다가가서 쓰다듬으며 말씀드리고 싶습니다. '정말 힘드시겠어요.' 하지만 그럴 수 없지요. 간호사 주제에 감히 의사에게 그럴 수는 없으니까요."

우리는 물었습니다. "왜 안 되죠? 그 순간 생각을 멈추고 직감이 시키는 대로 하면, 여기서 (그녀는 지성의 사분면을 가리킨다.) 평가하고 비난하고 비판하지 말고 해야만 하는 일을, 직관이 시키는 일을 하면, 그냥 하고 싶은 대로 하면 당신은 그 사람을 도울 수 있을지도 몰라요. 한 사람을 도우면 동시에 무수히 많은 사람들을 돕는 겁니다."

간호사가 이야기를 마치자 우리 모두는 그 '재수탱이'에게 사랑과 공감을 느꼈습니다. 정말이지 부끄러웠습니다.

그 자리에 모인 80명의 참가자들이 직업과 직위의 차이를 뛰어넘어 열띤 토론을 벌였습니다. 우리는 말했죠. 그녀의 기분이 어떤지 잘 알겠다고……. 누군가에게 책임을 전가하고 싶은 마음은 손톱만큼도 없었습니다. 다만 그 의사를 도울 수 있는 사람은 그 간호사밖에 없다는 사실을 깨달았던 것이죠.

그녀는 30년 전인 당시에 누구나 예상할 수 있는 반응을 보였습니다. 하긴 요즘도 자주 볼 수 있는 반응이지요. "전 일개 간호사고 그분은 거물이신데요." 우리는 그녀의 마음을 돌리려고 애썼습니다. "당신이 어떤 위치인지는 전혀 중요하지 않아요. 당신만이 그 사람에게 사랑을 줄 수 있어요. 그러니 당신만이 그를 도울 수 있어요." 하지만 그녀는 고개를 저었습니다. "전 못해요. 못해요."

그 시간이 끝나고 —제가 맡은 강연 중 단연 최고였을 겁니다. 저 자신도 많이 배웠으니까요— 우리는 말했습니다. "또다시 마음이 시키거든 그냥 걸어가서 그 의사에게 말을 거세요. 당신에게 포옹까지 기대할 사람은 아무도 없어요. 그냥 살짝 그의 몸에 손을 대고 그 순간 떠오르는 대로 말하세요." 그녀는 아무런 약속도 하지 않았습니다. 그러겠다고도, 그러지 않겠다고도 하지 않고 그저 이렇게만 말했습니다. "노력해볼게요." 그래서 우리도 그쯤에서 채근을 멈추었습니다.

당신도 남을
도울 수 있습니다

사흘 후 갑자기 제 진료실로 누가 달려 들어오더니 —다행히 마침 환자가 없었습니다— 웃다가 울다가 하면서 외쳤습니다. "해냈어요! 제가 해냈어요. 해냈다고요."

이 병원에서 나를 습격할 사람은 없을 텐데, 누구일까? (청중석에서 웃음) 해냈다니 대체 뭘 해냈단 말인가 싶었습니다. 이 여자가 미쳤나 생각했지요. 그러다 문득 기억이 났습니다. 그녀가 무슨 일이 있었는지 들려주었습니다.

그날 밤에도 그 '비호감' 의사는 또 회진을 돌았습니다. 그녀는 이틀 동안 그에게 말을 붙이려고 해봤지만 도저히 용기가 나지 않았습니다. 하지만 사흘째 되던 날 의사가 회진을 마치고 암에 걸린 젊은 남자가 누워 있는 마지막 방에서 나오는 순간, 문득 노력은 해보겠다고 약속했다는 사실이 떠올랐습니다. 지성의 사분면이 끼어들어 '그런 짓은 하면 안 돼.'라고 떠들었지만 그녀는 녀석의 말을 자르고 생각했습니다. '아니, 그런 고민은 하지 않겠다고 약속했어.'

그래서 지성의 사분면이 그녀의 계획을 대대적으로 분석하기 전에 얼른 직감과 영성의 사분면에 몸을 맡겼습니다. "그냥 그분께 걸어가서 손을 뻗었습니다. 그분께 전혀…… 아마 몸에 손이 닿지는 않았을 겁니다. 그리고 말했죠. '정말 힘드시겠어요.'"

의사는 그녀의 손을 잡고 울기 시작했습니다. 그리고 그녀를 자기 진료실로 데려가서 앉혀놓고 책상에 엎드린 채 자신의 고통과 아픔과 괴로움을 털어놓았지요. 아마 난생처음으로 자신의 속마음을 활짝 열어보였을 겁니다. 친구들은 다 돈을 버는데 자기는 돈 한 푼 못 벌고 공부만 해야 했다고, 그러다 전문의가 되었고, 데이트할 시간도 못 낼 정도로 열심히 노력해 전문 지식을 얻었으니 마침내, 마침내 사람들을 도울 수 있을 것이라 믿었다고. "그리고 이제 이 진료과의 책임자가 되었어요. 그런데 내게 오는 환자들이 줄줄이 죽어나가는군요." 그가 할 수 있는 일은 없었습니다. 그것은 행복과 인간관계를 포기하면서까지 노력할 만큼 가치 있는 일이었을까요?

그 간호사가 한 일은 그저 들어주는 것이었습니다. 이제 제 말을 이해하셨나요? 그런 사람을 어떻게 비난할 수 있을 것이며, 어떻게 그런 사람 앞에서 잘난 척할 수 있겠습니까?

그 간호사는 자신과 의사의 지위를 생각하지 않고 용기를 내어 자기 자신으로 돌아갈 수 있었기에 2분 동안 의사를 인간적 존재로, 거물이 아니라 다른 사람들과 똑같은 한 인간으로 대할 수 있었습니다. 우리 모두는 형제자매이니까요.

1년 후 그 의사가 제게 심리 상담을 부탁했습니다. 물론 혹시 누가 알까 싶어 전화로만 상담을 하겠다고 했지요. 그때까지 그는 단 한 번도 심리 상담을 받아본 일이 없었습니다. 도움이 필요하다는 사실을 인정하기에는 그의 자존심이 허락지 않았으니까요. 3~4년 후에는 다른 사람들처럼 보통의 상담을 청했습니다. 결국 '비호감' 의사는 매우 겸손하고 이해심이 많은 남자가 되었습니다. 환자들의 마음을 충분히 공감할 줄 아는 의사로 거듭난 것이지요.

도움을 청하지 않았다면 그는 아마 그 닫힌 마음 탓에 '번아웃'으로 죽고 말았을 겁니다. 그러니까 진짜 간호사만 찾아낸다면 그 의사 같은 사람도 도와줄 수 있습니다. 물론 꼭 간호사만 된다는 뜻은 아닙니다. 나이가 아무리 어려도 남을 도울 수 있습니다. 그 사실을 명심하시기 바랍니다.

이 워크숍에 오기 전까지 의사를 미워했던 적이 있으십니까? (청중석이 조용하다.) 솔직하게 대답해보세요. 누군가를 '비호감' —다른 이름을 붙일 수도 있겠지요—으로 낙인찍을 때마다 그 사람의 부정적 태도는 더 늘어납니다. 의사들이 그런 부정적 태도를 보이게 되는 데에는 간호사들도 책임이 있습니다. 지금껏 몹쓸 의사 이야기만 했는데 물론 이 세상에는 정말로 친절한 의사들도 많습니다. 제가 왜 이런 이야기를 하는지 아시겠지요?

어떤 의사가 처음이라 불안해서 일부러 잘난 척하자고, 무례하게 굴자고 마음을 먹었습니다. 그런데 그와 같이 일하는 열 명의 간호사가 모조리 그를 싫어한다면 그는 그들의 마음을 느낄 것이고 불안은 더 심해질 것입니다. 그럼 그는 열 배 더 거만하게 행동할 것입니다. 생각이 얼마나 힘이 센지 아시겠습니까?

'저 인간은 멍청이야. 나라면 저렇게 안 할 텐데 왜 저런 짓을 하지?' 지금 이런 생각을 하신다면 당장 멈추고 상대에게 사랑과 이해와 공감을 선사해보십시오.

간호사 열 명이 일주일 동안만 의사에게 사랑과 이해와 공감을 보인다면 말 한마디 하지 않아도 그의 태도는 변할 것입니다. 그래봤다고요? 그렇다면 여러분은 생각의 힘이 어느 정도인지 아직 모르시는 겁니다.

사랑과 긍정적인 마음으로 대하면 세상 제일 '꼴통'도 완전히 바꿀 수 있습니다…….

제가 무슨 말을 하고 싶은 건지 이해하셨습니까? 그것이 변화를 부를 수 있는 **유일한** 길입니다. 잠시 정신과 의사 자격으로 여러분에게 이야기해야겠습니다. 너무 늦기 전에 세상을 정상으로 돌려

놔야 하니까요. **자신을 치유하기 전에는 세상을 치유할 수 없다는 사실을 명심하십시오.**

이제 잠시 후에는 마무리 짓지 못해 평생을 끌고 다니는 여한에 대해서도 이야기할 텐데요, 신께선 인간을 완벽한 존재로 창조하셨습니다. 참을 수 있을 만큼의 의식을 주셨고 필요한 모든 것을 주셨습니다. 하지만 자신의 한계를 넘어서는 것은 얻지 못하지요. 필요한 것은 항상 얻을 테지만 바라는 것을 항상 얻지는 못합니다. 성숙할수록, 발전할수록 더 많은 것을 얻을 겁니다. 다만, 바란다고 해서 얻는 게 아니라 준비가 되었을 때 얻을 것입니다.

모든 인간은 네 개의 사분면으로 이루어집니다. 신체의 사분면, 정서의 사분면, 지성의 사분면, 영성과 직감의 사분면이지요.

지성의 측면에선 우리 대부분이 지나치게 발달되었습니다. 특히 여기 오신 분들은 더 그렇지요. (드문드문 놀람의 웃음) 영적으로는 문제가 없습니다. 영성의 사분면은 유일하게 신경 쓸 필요가 없는 부분이거든요. 태어날 때 타고나는 것인데, 혹시 느끼지 못한다면 대부분 막혀 있기 때문입니다. 신체적으로 보면 여러분 모두 헬스클럽 회원일 겁니다. 요가를 하고 비타민을 먹고 건강에 좋다는 것을 뭐든 다 하시지요.

우리 사회가 안고 있는 제일 큰 문제는 정서의 사분면입니다. 두 번째 발달 단계인데 태어나면서부터 여섯 살까지 주로 형성됩니다. 이 시기에 여러분의 인생을 망가뜨리는 모든 기본적 태도와 행동방식을 배우는 겁니다. 방점은 '망가뜨리다'에 찍힙니다.

신체, 정서, 지성, 영성 사분면을 잘 조화시킬 수 있다면 병들지 않을 겁니다. 우리가 병이 드는 이유는 세 가지뿐입니다. 정신적 충격, 유전적 결함, 네 가지 사분면의 부조화. 오늘 저는 마지막 이유에 대해 말하려 합니다. 이것이 치유에서 큰 역할을 하기 때문이지요. 이 네 가지 사분면의 연관성을 잘 안다면 병든 사람을 치유할 수 있을 뿐 아니라 병들지 않게 미리 예방할 수도 있습니다. 그러면 다음 세대는 미리 막을 수 있었던 상처에 반창고를 붙이느라 시간을 허비하지 않고 우리가 가진 힘의 90퍼센트를 질병 예방에 투자할 수 있게 될 것입니다.

"의사 선생님,
    자신을 도우세요."

말을 못하게 되었거나 아직 말을 할 줄 모르는 아이들을 상대하다 보니 우리는 항상 그림을 활용합니다. 그림을 보면 그 아이들의 상징 언어를 이해할 수 있거든요. 앞으로 5년 후 우리 의술은 어떤 모습일까요? 무엇보다 크레용을 많이 활용할 것입니다. 물론 크레용만 사용하지는 않겠지만 크레용을 진단의 중요한 도구로 삼을 것입니다.

어떤 아이가 말을 할 수 없는데 아이의 마음에 짐이 되는 여한이 무엇인지 알고 싶을 때 전 아이에게 종이와 크레용을 주며 그림을 그리라고 시킵니다. 물론 **무엇**을 그리라고 지시해서는 안 됩니다.

5~10분만 지나도 여러분은 아이가 자기 죽음을 알고 있다는 사실을 깨닫게 될 겁니다. 아이가 무슨 병에 걸렸는지도 알게 될 겁니다. 예를 들어 뇌종양이라면 그림의 매우 특정한 부분에서 종양을 발견할 것입니다. 아이에게 어느 정도의 시간이 남았는지, 아이의 심리 상태가 어떤지, 아이를 괴롭히는 여한이 무엇인지도 대충 알게 될 겁니다.

우리는 이 방법을 수천 명의 아이들에게 사용해보았습니다. 그중에는 그림을 그리고 난 후에 살해당한 아이들, 상어에게 물려 죽거나 사고로 죽은 아이들도 있었습니다. 당연히 다가올 죽음에 대한 아이들의 지식은 대부분 무의식적입니다. 영성의 사분면에서 오니까요. 그런 일이라면 아이들이 어른보다 더 잘 압니다. 그 이유는 아직 부정적 태도에 물들지 않았기 때문입니다.

우리가 다음 세대를 무조건적 사랑으로 체벌하지 않고서도 한결같은 확고한 규율로 키울 수 있다면 우리 후손들은 의사가 필요치 않을 것입니다. 모두가 스스로를 치유할 수 있을 테니까요. 신이 우리를 만드셨던 그 모습 그대로 건강할 것입니다.

건강하다는 것은 신체, 지성, 정서, 영성의 사분면이 조화를 이룬다는 뜻입니다. 물론 그런 사람도 트라우마를 겪을 수 있습니다. 유전적 결함 역시 우리가 어떻게 할 수 없는 부분입니다.

우리 아이들이 자연스러운 감정을 느끼며 자랄 수 있다면, 고통과 분노와 상심을 마음껏 표현할 수 있다면, 신이 나서 학교에 갈 것입니다. 공부는 자극과 도전과 흥분을 안겨주는 모험일 테니까요. 학교에서 새롭게 발견한 것들이 영성의 사분면까지 파고들 것입니다.

영성의 사분면은 우리 모두가 타고나는 중요한 부분입니다. 여러분은 신의 창조물이기에 이 영성의 사분면을 얻기 위해 애쓸 필요가 없습니다. 그걸 달라고 기도할 필요도 없습니다. 선물로 주어진 것이니까요. 그것을 활용하지 못하게 막는 것이 있다면 단 하나, 여러분 자신의 부정적 태도입니다.

모든 아이들이 충만한 지식을 품고 있다면 왜 어른들은 그렇지 못한 것일까요? 아이들의 지식을 활용하여 어른들을 도울 방법이 있을까요?

상징적 언어의 가르침을 어떤 방식으로 활용해야 어른들을 도울 수 있을지, 제가 아끼는 사례를 통해 말씀드리겠습니다. 그분은 암 환자인데요, 다시 한 번 강조하지만 우리가 죽어가는 사람들과 일을 한다고 해서 암 환자를 우선으로 여긴다 생각하신다면 잘못입니다. 신경질환, 다발성 경화증이나 루게릭병을 앓는 사람들, 뇌졸중으로 쓰러져 말을 못하거나 꼼짝도 못하는 사람들 역시 암 환자 못지않게 우리 도움이 절실합니다.

사람들은 암이 최대의 비극인양 암 환자 이야기만 합니다. 저의 관심사가 무엇인지 여러분도 아셨으면 좋겠습니다. 우리는 암 환자뿐 아니라 **모든** 사람을 도와야 합니다. 한번은 우리 워크숍에 의사 한 분이 참석하셨는데 우리가 죽어가는 아이들을 보살피면서 즉흥 그림을 활용한다는 사실에 큰 감명을 받으셨지요.

2년 전쯤에 그분이 용기를 내어서 바보를 자처하셨지요. 그러자 사람들이 욕을 했고…… 이교도라고 불렀고…… 또…… 네, 또 다른 멋진 꼬리표가 달렸지요. 그 모든 일은 우리가 그에게 죽을병에 걸린 아이들뿐 아니라 보통의 성인들에게도 내적 지식의 재능이 있음을 확신한다고 말하면서부터 시작되었습니다. 이런 것이지요. 불치병 진단이 확인되면 환자에게 그냥 그림을 한 장 그리라고 부탁해보세요. 다른 말은 필요치 않습니다. 그림만 봐도 그 환자가 지금 어디쯤에 있는지 짐작할 수 있을 테니까요. 그러고 나면 환자에게 병과 싸우라고 부탁하십시오.

어쨌든 좀 전에 말한 워크숍에 참석한 그 의사는 그림들을 집으로 가져가면서 말했습니다. "말씀대로 이게 정말 되는지 한번 시험해보겠습니다."

그는 암 환자에게 어떻게 하라는 지시 대신 무조건적인 사랑과 존경을 보여주었습니다. 어떤 기대나 요구도 하지 않고 그냥 이렇게 부탁했습니다. "그림을 한 장 그려주세요!" 환자들은 그림을 그렸고 의사는 그 그림을 보고 환자의 상태를 파악했습니다. 신체 상태뿐 아니라 정서, 영성, 지성의 상태도 알았습니다.

제가 제일 아끼는 그림은 ─자랑을 안 할 수가 없군요─ 암이라는 확진을 받은 한 남성이 그린 그림입니다. (그녀가 그림을 청중들에게 보여준다.) 보지 못하시는 분들도 상상할 수 있게 제가 그림을 설

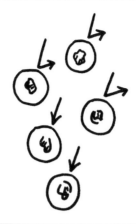

세포독성 항암치료

명해드리겠습니다. 처음에는 그 환자도 일반적인 그림을 그렸습니다. 그 그림을 보면서 일반적인 평가를 내릴 수도 있겠지요. 두 번째로 우리는 그림을 그릴 때 암을 생각하라고 말했습니다. 그는 한 남자를 그렸습니다. 저는 대충 동그라미로 그리겠습니다. 그리고 몸 안에 붉은색의 큰 동심원을 그려 넣었죠. (위험의 색인) 붉은색의 큰 암세포가 가득한 신체였습니다.

그다음으로 그에게 항암치료를 상상하라고 부탁했더니— 항암치료는 종양학 전문의가 그에게 권한 치료법이었고, 제 생각에 대부분의 의사들이 찬성했을 겁니다— 환자는 암세포를 향해 날아가는 검고 큰 화살을 그렸습니다.

하지만 그 그림에는 정말로 이상한, 예상치 못한 장면이 있었습니다. 검은 항암치료 화살이 붉은 암세포와 만나는 곳곳에서 그냥 튕겨져 나갔던 겁니다.

여러분이 이 환자의 담당의사라면 어떻게 하시겠습니까? 그림 해석이라면 아는 것이 전혀 없지만 정말로 항암치료를 해야 할지 다시 한 번 고민하지 않겠습니까? 이런 그림을 보고도 계속 항암치료를 고집하시겠습니까?

의학적 입장에서 보면 환자에게는 항암치료가 적합했습니다. 그럼에도 그의 마음속 무언가가 ─지성은 아니었습니다─ 제게 말했습니다. 항암치료가 잘 듣지 않을 것임을 그는 알고 있다고 말입니다.

이 환자의 메시지는 대부분의 사람들이 현실이 아니라고 생각하는 사분면에서 왔습니다. 과도하게 발달한 우리의 지성 사분면은 무엇이든 자기가 환자보다 더 잘 안다고 믿기 때문에, 그 입장에서 본다면 환자의 행동은 한심하기 짝이 없습니다. 그가 걸린 암은 항암치료가 매우 잘 듣는다고 통계적으로 입증된 종류였기 때문이지요. 그래서 의사도 그 치료를 권했던 것이고요.

그러나 환자의 직감 사분면이 하는 말을 듣는다면 이 경우 항암치료는 전혀 효과가 없을 것이 분명했습니다.

조건 없는 사랑이란 ─지금 전 이 말을 감상적으로 하는 게 아닙니다─ 이웃을 나 자신과 같이 진실로 존중한다는 뜻입니다. 의사보다 환자가 환자 자신에 대해 더 많은 것을 알 때가 있지요. 그런 환자를 만나면 비록 제가 의사지만 전 저의 지식보다 환자의 의견을 더 존중합니다. **그들**의 지식은 다른 사분면에서 오지만 지성의 사분면에서 온 것보다 훨씬 잘 맞아떨어집니다.

그 사실을 알고 존중하면 그런 환자들에게 이렇게 물을 수 있습니다. "의사가 항암치료에 대해 뭐하고 하시던가요?" 환자가 대답합니다. "제 몸속 암세포를 죽일 것이라고 하셨어요." 그럼 다시 제가 말합니다. "**네!**" 그 말은 이런 뜻입니다. "잘되었네요. 그럼 시작하세요. 뭘 더 기다리세요." 하지만 그의 얼굴이 어두워집니다.

전 제가 미처 못 들은 것이 있나 싶어 다시 한 번 묻습니다. "의사가 항암치료에 대해 뭐라고 하시던가요?" 다시 그는 아주 사무적으로 대답합니다. "항암치료가 제 몸속 암세포를 죽일 것이라고 말씀하셨어요."

이번에는 제가 이렇게 말합니다. "네, **그런데**……?"

그는 절 시험하려는 듯 빤히 쳐다보다가 말합니다. "살인하지 말라."

전 놀라 물었죠. "네?"

그가 되풀이합니다. "살인하지 말라."

이번에는 제가 ―그를 조금 더 이해한 상태에서― 이렇게 말합니다. "암세포도?" 그가 대답합니다. "네. 로스 박사님, 전 퀘이커교도입니다. 보편적 계명을 믿지요. 살인하지 말라. 심각하게 고민했습니다. 그럴 수 없습니다. 전 제가 그것을 죽일 수 있다고 생각하지 않습니다."

어떤 사람에게 진실로 조건 없는 사랑을 선사한다면 그를 존중할 것이며, 그를 설득하고 변화시키고 교화시키려 노력하지 않을 것입니다. 그래서 전 당당하게 그 남자에게 말했습니다. 모든 사람이 그 보편적 계명을 믿는다면 정말 좋겠다고요. 그럼 세상이 훨씬 더 평화롭고 아름다운 곳이 될 테니까요. 그런 말로 저는 제가 그의 확신을 존중한다는 뜻을 내비쳤고, 그를 무시하거나 비웃거나 비판하지 않을 것이라는 확신을 주었습니다.

그럼에도 이 한마디를 덧붙일 수밖에 없었습니다. "부탁이 하나 있어요." 결국 저도 제 환자들이 건강해지기를 바라는 의사이니까요. 그 마음을 직접 표현하진 않았지만 어떻게든 전달하고 싶었습니다. 그래서 말했죠. "부탁이 하나 있어요. 집으로 가셔서 어떻게 하면 암을 떼어낼 수 있을지 고민해주세요." 표현의 차이를 아시겠습니까? 그는 대답했습니다. "좋은 아이디어네요."

그는 집으로 돌아갔다가 몇 주 후 다시 저를 찾아옵니다.

제가 물었죠. "암을 떼어낼 수 있는 방법을 고민하셨어요? 우리가 어떻게 도와드리면 될까요?"

그가 활짝 웃으며 말합니다. "물론이죠." 전 부탁했습니다. "그림을 그려주세요!"

그림은 여기선 한 개만 크게 그리겠습니다. 그림이 어땠는지 대충 상상하실 수 있을 겁니다. 그가 그린 몸에는 빨간 암세포 대신 작은 요정이 그득했습니다. 그 꼬마 요정들이, 어떻게 생겼는지 다들 아시죠? (그녀가 칠판에 꼬마 요정을 그린다. 청중석에서 웃음) 꼬마 요정들이 정성을 다해 암세포를 나르고 있었습니다. (박수와 행복한 웃음)

전 깊은 감동을 받았습니다. 그리고 그 남성의 담당의사에게 전

꼬마 요정

화를 걸어 이야기를 들려드렸고, 담당의는 그날 바로 항암치료를 시작했습니다. 그 남성은 지금까지 건강하게 살아 있습니다.

이 이야기에 담긴 아름다움이 보이십니까? 제가 보기엔 놀라운 약속이 담겨 있습니다. 그렇게 되기 위해 필요한 것은 단 하나뿐입니다. 우리 인간이 알아야 할 것은 전부 자기 안에 담고 있다는 깨달음입니다. 그런 다음 우리가 겸손하고 열린 마음으로 이웃을 우리 자신처럼 존중하고 사랑한다면 우리는 서로를 도울 수 있을 겁니다.

시간이 많이 필요한 것도 아닙니다. 5분이면 충분하고 한 푼도 들지 않습니다. 절대 과장이 아닙니다.

제가 여기서 하는 말은 근본적으로 우리가 꿈꾸는 완전한 의학

과 똑같다는 사실을 아셨으면 좋겠습니다. 어떤 질병의 위험성에 대해 제가 순수 지성적으로 판단할 수 있을지 모릅니다. 하지만 환자에겐 직감적 지식이 있습니다. **이제 우리 둘이서 힘을 합친다면, 우리가 서로를 존중하고 지지할 준비가 되어 있다면, 우리는 건강을 되찾도록 서로를 효율적으로 도와줄 수 있을 겁니다.**

제가 생각하는 '우리 시대의 치유'가 바로 그것입니다. 어떤 의미에서는 의식과도 약간 관련이 있습니다. 어떻게 설명해야 할지 모르겠습니다. 열린 마음이 중요하지요. 아직 마음속에 히틀러가 살고 있다면 마음을 활짝 열 수 없습니다. 그런 상태의 지식, 이해, 공감, 무조건적 사랑에 도달할 수 없습니다. 그래서 여기선 이 말이 필요합니다. "의사 선생님, **자신을 도우세요!**" 여러분 모두가 의사입니다. 여러분 모두가 마음에 간직한 채 매일 느끼고 있는 부정적 태도를 겸손한 마음으로 인정해야 합니다.

여러분이 그럴 수 있다면, 인정할 수 있다면……. 제가 마이다네크에서 배운 것이 있습니다. 마이다네크에서 온 가족을 잃은 젊은 여성이 제게 말했습니다. "엘리자베스, 우리 모두의 마음엔 히틀러가 숨어 있는 것 같지 않아요?"

전 그렇다고 확신합니다. 우리 모두의 마음엔 마더 테레사도 숨어 있다고 확신합니다. 하지만 히틀러의 눈을 똑바로 쳐다보고 히틀러를 이겨낼 용기가 없다면 여러분은 마더 테레사가 될 수 없습니다.

제가 하고 싶은 말은 이것입니다. 세상을 **치유**하고 싶다면 자기 자신을 치유하세요. 자기 안의 히틀러를 이기세요. 그래야만 신이 창조하신 그대로 건강한 인간이 될 것입니다. 그래야 우주의 의식을 키울 것이고 영혼이 몸을 떠나는 영적 체험을 할 것입니다. 필요한 것은 전부 가질 테지만 원하는 것을 전부 갖지는 못할 것입니다. 그 점에 대해 저는 하느님께 감사드립니다. (청중석에서 웃음)

나의 삶을 바꾸고
다른 삶을 건드리는 것

몇 분이 우리 워크숍에 대해 궁금해하셨습니다. 워크숍은 우리 샨티 닐라야 센터에서 제공하는 프로그램입니다. 캘리포니아에서 호주까지 세계 곳곳에서 열립니다. 매번 일흔다섯 분을 초대해서 월요일 정오부터 금요일 정오까지 일주일을 우리와 함께 지냅니다. 참석자의 삼 분의 일 정도는 불치병에 걸린 환자나 어린이 환자의 부모입니다. 삼 분의 일은 의사나 성직자, 사회복지사, 심리치료사, 간호사이고요, 나머지 삼 분의 일은 일반인입니다.

우리는 그 닷새 동안 참석자들에게 마무리 짓지 못해 끌고 다니는 무거운 짐을 깨닫고 그것을 벗어던질 수 있는 방법을 알려줍니다. 어려서 그런 워크숍을 접할수록 이후 더 충만한 삶을 살 수 있다는 것은 굳이 말 안 해도 아시겠지요.

닷새 내내 정말이지 치열한 하루하루를 보냅니다. 보통 첫날엔 죽을병에 걸린 환자들이 자신을 괴롭히는 고통과 아픔, 근심과 여한을 털어놓습니다. 그럼 다른 참석자들도 그동안 참고 살았던 눈물과 분노와 여한을 떠올리게 되지요. 우리는 참석자들이 그 모든 것을 표현할 수 있도록 옆에서 도와줍니다. 마지막 밤인 목요일 밤에는 매우 감동적인 의식을 진행합니다. 밖에 모닥불을 피워놓고 빵과 포도주를 앞에 두고 모두가 둘러앉아 각자 털어버리고 싶은 것들을 이야기합니다. 그리고 그 무거운 짐을 털어버리는 상징적 의식으로, 우리의 부정적 태도를 소나무 가지에 얹고 그것을 모닥불에 던집니다.

자신의 부정적 태도를 직시하고 그것을 버릴 용기가 있다면 우리는 나날이 마더 테레사를 닮아갈 것입니다. 부정적 태도는 가만히 두고서 명상만 하면 그것이 없어진다는 생각은 잘못입니다. 그렇게 해봤자 아무 소용 없습니다.

일흔다섯 명이나 되다 보니 참석자들은 상상하지도 못했던 아픔과 고통을 만나게 되고, 억지로 눌렀던 고통의 강물 저 아래에서 무엇이 헤엄치고 있는지 깨닫게 됩니다. 한 인간이 겪을 수 있는 가장 큰 고통—우리가 겪을 수 있는 최악의 상실보다 훨씬 더한 고통—은 사랑을 한 번도 경험하지 못해 느끼는 아픔입니다. 그것이 가장 큰 고통입니다. 안타깝게도 우리 사회 대부분의 사람들이 —할머니, 할아버지를 빼면— 단 한 번도 조건 없는 사랑을 경험해 보지 못했습니다.

여기 오기 직전에도 닷새 일정의 워크숍을 막 마쳤습니다. 열일곱 명의 자살 미수 환자들이 참석했는데 그곳이 마지막 지푸라기라고 생각했지요. 여기서 아무 도움도 못 받으면 죽어버리겠다고 협박했습니다. 전 어쨌든 금요일까지는 좀 참아달라고 부탁했죠. (청중석에서 웃음) 그런 사람들은 진지하게 대할 필요는 있지만 오해의 소지 없이 확실히 못 박아야 합니다. 자신의 삶은 온전히 혼자의 책임이라는 것을 분명히 해야 합니다. 그러니 배회하고 남의 어깨에 기대 울며 자기연민으로 힘을 낭비하지 마세요. 여러분이 지금 서 있는 곳으로 여러분을 데려온 것은 여러분 자신과 여러분이 내린 결정입니다.

하루하루를 자축해야 합니다. 우리는 이 은하에서 유일하게 자유로운 결정을 내릴 수 있는 생명체이니까요. 생명이 끝난 후, **이곳**의 삶이 진정으로 무슨 의미인지 깨닫게 되는 순간 확인하게 될 겁니다. 여러분의 생명은 근본적으로 여러분이 살면서 내렸던 모든 결정의 총합이었다는 사실을 말입니다. 온전히 자신의 책임인 여러분의 생각은 여러분의 행동만큼이나 현실적입니다. 그렇습니다. 여러분의 모든 말과 행동이 여러분의 삶을 바꾸고 수천의 다른 삶을 건드린다는 사실을 명심하세요.

믿음과
앎의 차이

아침에 일어났는데 기분이 나쁩니다. 그래서 제일 먼저 눈에 띈 남편이나 아내에게 짜증을 냅니다. 남편이나 아내는 출근을 해서 그 짜증을 비서에게 풉니다. 그럼 그 비서는 다시 **자기** 남편에게 짜증을 냅니다. 아이들도 기분이 나쁜 채로 학교에 갑니다. 가는 길에 괜히 개를 발로 차고 자기보다 어린 동생들을 쥐어박다가 결국 교장실로 불려가 야단을 맞습니다. 단 한 번의 짜증이 얼마나 많은 사람의 삶을 망칠 수 있는지 이제 아시겠지요.

아주 소소한 일부터 한번 시험해보세요. 예를 들어 내일 아침에 눈을 떴는데 기분이 나쁘다면 식구들이 다 나갈 때까지 계속 노래를 하고 요들송을 부르고 휘파람을 부세요. (웃음) 다 나가고 나면 고무장갑으로 매트리스를 후려갈겨 무생물에게 화를 풀어보세요.

저녁에 남편과 아내와 아이들이 집에 돌아오면 오늘 하루가 어땠는지 물어보세요. **여러분 자신**이 여러분의 삶을 너무나 별것 아닌 일로 바꿀 수 있다는 사실을 알게 될 겁니다. 인생을 바꾸겠다고 굳이 인도로 갈 필요가 없습니다. 엘에스디나 메스칼린이나 실로시빈을 입에 털어 넣을 필요도 없습니다. 네, 특별한 일을 **할** 필요가 없습니다. 다만 자신의 결정에 책임을 지기만 하면 됩니다.

40일 금식 기도 후 '사탄과 싸운' 그리스도처럼 하세요. 책임을 진다는 것은 우리 안의 히틀러와 싸우는 것이기 때문입니다. 그리스도는 예루살렘의 지배자가 되어 완전히 타락한 그곳을 바꿀 수 있다는 사실을 잘 아셨습니다. 그러나 그 변화가 오래가지 못할 것이라는 사실도 아셨지요. 그 상황에서 그분이 내릴 수 있는 가장 윤리적인 결정은 자신의 비범한 능력을 사용하지 말자는 결정이었습니다. 죽음이 존재하지 않는다는 사실을, 죽음은 그저 다른 형태의 삶으로 넘어가는 건널목일 뿐이라는 사실을 단 한 사람에게라도 이해시킬 수 있다면 생명이라도 바치겠다는 각오였습니다.

그리스도는 바로 그런 일을 하셨습니다. 인간들은 그가 기적을 행할 때에만 그를 믿을 것이라는 사실을 아셨습니다. 그가 사라지는 순간 인간들은 다시 의문을 품기 시작할 것입니다. 그리스도는 믿음과 앎의 차이를 아셨습니다.

그래서 죽은 후 다시 한 번 인간의 형상으로 친구들과 제자들 앞에 나타나셨습니다. 사흘 낮 사흘 밤을 그들과 같이 먹고 이야기하셨습니다. 그리고 나자 비로소 그들은 **알았습니다.**

믿음이 아닌 그 앎이 그들에게 해야 할 일을 할 수 있는 용기를 주었습니다.

40일의 금식을 각오한다면, 지옥을 지나고 낙인과 비웃음과 경멸과 비난을 감수하면서도 가장 윤리적인 결정을 내리겠다는 각오가 되어 있다면, 절대 후회하지 않을 겁니다.

이번에도 아주 실질적인 사례를 하나 들어드리지요.

직감을 따르다 보면
도달하는 곳

몇 년 전 암에 걸린 아홉 살 소년을 보러 버지니아에 간 적이 있습니다. 보아하니 아이가 아직도 궁금한 게 많은 것 같아서 집을 나오기 전에 아이에게 말했습니다. "버지니아까지 자주 오지 못할 테니까 물어볼 말이 있으면 편지를 쓰렴."

어느 날 더기한테서 편지가 왔습니다. 딱 두 줄이었죠. "로스 박사님, 딱 한 가지만 더 여쭐게요. 삶이 뭐고 죽음이 뭔가요? 왜 어린아이들이 죽어야만 하죠? 그럼 안녕히 계세요. 더기."

왜 제가 아이들을 좋아하는지 이제 아시겠죠? 아이들은 돌려 말할 줄 모르거든요. (청중석에서 웃음) 전 더기에게 답장을 썼습니다. 멋들어진 말은 해봤자 소용이 없을 테니 아이가 그랬듯 단도직입적으로 간단하게 표현을 해야 했죠.

그래서 아이 눈높이에 맞춘 편지를 썼습니다. 그 멋진 28색 색연필을 이용해서요. 너무 예뻤지만 뭔가 부족한 것 같아 무지개색으로 그림도 몇 개 그려 넣었습니다. 그런데 완성하고 보니 너무너무 마음에 들어서 간직하고 싶어졌습니다. 그래도 되는 이유는 많았습니다. '당연히 간직해도 되지. 엄청 공을 들였잖아. 게다가 이제 곧 다섯 시야. 우체국은 다섯 시면 문을 닫을 테고 애들도 곧 학교에서 돌아올 테니 먹을 걸 만들어 줘야지.'

그것 말고도 편지를 지금 부치지 않을 핑계는 수없이 많았습니다. 하지만 핑계의 목록이 길어질수록 편지를 간직하는 것이 옳지 않다는 확신은 더 커졌습니다. 그래서 생각했죠. '사람들에게 가장 윤리적인 결정을 내리라고 입만 열면 설교를 하면서 지금 가장 윤리적인 결정이 뭐야? 당장 우체국에 가서 편지를 부치는 게 가장 윤리적인 결정이지. 애당초 네가 보관하려고 만든 게 아니라 더기한테 주려고 쓴 편지잖아.' 저는 마침내 우체국으로 가서 편지를 부쳤습니다.

더기는 엄청 자랑스러워했고 행복해했지요. 그 편지를 다른 아픈 아이들한테도 보여주었고요. 그것만으로도 정말 멋진 일이었지요.

그런데 다섯 달이 지난 3월에 생일을 맞이한 더기가 버지니아에서 장거리 전화를 걸어왔습니다. 알고 보니 가정 형편이 좋지가 않았습니다. 더기가 직접 전화기를 들고 말했습니다. "로스 박사님, 오늘이 제 생일이에요. 제가 생일을 한 번 더 맞이할 수 있다고 믿었던 분은 박사님밖에 없어요. 그래서 박사님께 선물을 드리고 싶었는데 뭘 드려야 할지 모르겠더라고요. 우리 집엔 아무것도 없거든요. 딱 하나 생각이 났는데 —'생각이 났다'는 건 영성의 사분면입니다— 박사님의 예쁜 편지를 되돌려 드리는 것이에요. (청중석에서 행복한 웃음) 그런데 조건이 있어요." 그러니까 조건 없는 사랑은 아니었던 겁니다! (청중석에서 웃음) "조건이 있어요. 편지를 인쇄하셔서…… (청중석에서 웃음) 다른 아이들에게도 보여주세요."

그 순간 많은 생각이 머리를 스쳐지나갔습니다. '28색이면 비쌀 텐데.' (웃음) 지성의 사분면, 스위스 절약정신, 사람들이 비싸서 이 책을 사 볼 수 있을까 하는 걱정. 그 모든 것에 영향을 받아 저의 첫 반응은 '싫어.'였습니다. 하지만 결국 저는 가장 윤리적인 결정을 내렸고 지금껏 단 한 번도 후회하지 않았습니다. 대가를 바라지 않고 준다면 수십만 배로 돌려받습니다.

그때가 4년 6개월 전입니다. 더기는 세상을 떠났지만 **더기의 편지**는 이미 수십만 명의 죽어가는 아이들에게 전해졌습니다.

지성과 감성을 구분하십시오. **생각**을 할 때는 지성이 작업 중입니다. (웃음) **감정**에 따라 올바른 일을 한다면 직감을 믿는 것입니다. 직감은 아주 빠르게 오고 아무런 의미도 입증하지 못하며 전혀 논리적이지 않고 말로 표현할 수 없을 것 같습니다. (흥겨운 웃음와 박수) 직감을 따르면 어려움에 빠질 때가 엄청 많습니다. 하지만 샨티 닐라야에는 이런 좌우명이 있습니다. 제가 가장 신뢰하는 좌우명 이기도 하지요. "계곡에 폭풍이 들이치지 못하게 막을 수는 있겠지 만 그럼 계곡의 아름다움을 보지 못할 것이다."

직감을 따르면, 오래오래 계곡에 있다 보면 결국 여러분 자신이 계곡이 될지도 모르겠습니다. 그래도 정말로 멋질 겁니다. (행복에 찬 목소리로) 전 이 시대에 태어난 것이 정말 좋습니다. 이렇게 힘들 지만 또 이렇게 보람찬 시대는 어디에도 없을 테니까요.

네 번째 강연

모든 인간은 완벽합니다 ·····················

에드가 케이시 재단 연설, 버지니아 비치, 1985년

삶도 죽음도
두렵지 않은

7년 전 오늘 이곳에 있었습니다. 그 사실이 제겐 매우 특별한 의미입니다. 7은 워낙 의미 있는 숫자이지요. 그리고 부활절은 ─우리가 의식하건 안 하건─ 우리에게 가장 중요한 날이고요.

그때 전 이곳에서 많은 사람들을 모아놓고 강연을 했습니다. 당시엔 저의 소명을 미처 몰랐습니다. 그걸 깨달을 만한 것이 전혀 없었으니까요. 돌이켜 보니 7년 전 제가 미래를 내다보지 못한 게 얼마나 다행인지 모르겠습니다. 알았다면 제일 근처에 있는 크리스마스트리에 목을 맸을 테니까요. (청중석에서 웃음)

제 인생에서는 모든 나날이…… 성금요일입니다. 많은 사람들이 성금요일을 슬픈 날이라고 생각합니다. 예수가 십자가에 못 박힌 날이니까요. 하지만 십자가에 못 박히지 않았다면 부활도 없었을 겁니다. 폭풍이 몰아치지 않았더라면 우리 환자들은 죽음의 순간 우리 모두에게 필요한 품위와 지식을 갖춘 채 평화롭게 죽지 못했을 것입니다. 그러므로 전 오늘 무엇보다도 인생의 폭풍과 그 폭풍의 의미에 대해 이야기하고자 합니다. 또 우리 아이들을 삶과 죽음을 두려워하지 않는 인간으로 키우려면 어떻게 해야 할지 이야기하고자 합니다.

전 '죽음의 여자'가 **아니**기 때문입니다. 정반대로 앞으로…… 음, 그러니까 한 5년 후쯤엔 '삶의 여자'로 이름을 날렸으면 합니다. 올바르게 산다면 절대 죽음을 겁내지 않을 것이기 때문이지요. 죽음은 나쁜 것이 아니라 아름다운 것입니다. 걱정할 필요가 없습니다. 죽음 걱정은 접어두고 **오늘** 무엇을 할 것인가를 고민해야 합니다. 오늘 매사에 가장 윤리적인 결정을 내린다면, 행동뿐 아니라 말과 생각도 가장 윤리적으로 결정한다면 죽음의 순간은 말할 수 없이 복된 순간이 될 것입니다.

우리 아이들을 조건 없는 사랑과 한결같은 확고한 규율로 키우기만 하면 됩니다. 성경에도 쓰여 있지요. '아버지…… 아버지의 죄악을 자식에게 갚아 삼사 대까지 이르게 하리라.' 이 말은 여러분이 어릴 때 맞거나 성적 학대를 당했다면 —인류의 최소 25퍼센트는 근친상간을 겪는다고 합니다— 이해가 될 것입니다. 여러분이 맞고 자랐다면 마음 가득 고통과 절망과 무기력한 분노가 차 있을 것이기에 다시 자녀를 때릴 것입니다. 어른이 되어 자식을 낳을 때까지 아픔을 벗어던지지 못한다면 그 감정을 고스란히 다음 세대로 물려주게 될 것입니다. 그러므로 2000년 전에 했던 그 말을 마침내 실천에 옮기는 것이 우리 세대의 의무입니다. "네 이웃을 너 자신과 같이 사랑하라!"

우리 자신부터 시작해야 합니다. 자신을 사랑하지 않으면 남을 사랑할 수 없으니까요. 자신을 믿지 못하면 남도 믿지 못합니다. 따라서 다음 세대의 교육을 거론할 때는 그것을 우리 자신에게 먼저 해보아야 합니다. 우리가 일단 한번 시작을 한다면 점점 더 쉬워질 것입니다.

신은 인간에게 다섯 가지 자연스러운 감정을 선사하셨습니다. 이 다섯 가지 자연의 감정을 존중하고, 이것을 부자연스러운 감정으로 바꾸지 말아야 합니다. 부자연스러운 감정들은 결국 나중에 우리의 어깨를 짓누르는 여한이 될 테니까요.

화는 지극히 자연스러운 감정입니다. 신이 주신 선물입니다. 자연스러운 형태로는 15초밖에 가지 않습니다. 15초는 "고맙지만 싫어."라고 말하면 지나가 버릴 시간입니다.

그런데도 아이들에게 자존심과 위신과 자연스러운 화를 표현하지 못하게 야단을 치면 아이들은 결국 히틀러가 될 것입니다. 분노와 증오와 복수심이 넘치는 작거나 큰 히틀러가 되고 말 것입니다. 세상은 그런 히틀러들로 가득 찰 것입니다.

상심 역시 자연스러운 감정입니다. 상심은 상실의 아픔을 소화할 수 있게 도와줍니다. 여러분은 어릴 적에 울어도 야단을 안 맞았나요? 어린 시절 어머니가 스위스 여성이어서 정말로 깔끔하고 꼼꼼하신 분이라 여러분이 아끼던 곰돌이 인형을 "으, 더러워." 하며 쓰레기통에 휙 던져버렸다면 실로 충격적인 상실이었을 겁니다. 아이는 당연히 울음을 터트릴 것인데, 그런 아이에게 엄마가 울음을 그치라고 협박을 합니다. "당장 안 그치면 진짜로 울게 만들어줄 거야. 뚝!"

아이는 겁이 나 울음을 그칩니다. 어른이 되어 그 아이는 엄청난 자기연민에 빠질 겁니다. 말 그대로 자기연민의 바다에 빠져 허우적거릴 겁니다. 봉사 직종의 일은 도저히 적성에 맞지 않을 것이고 수치심과 죄책감에 시달릴 것입니다.

〈이티〉 같은 영화를 볼 때면 관객들의 표정에는 그런 수치심과 죄책감이 담겨 있다는 것을 확인할 수 있습니다. 영화가 끝나고 불이 켜지면 많은 관객들이 안경을 닦습니다. 감동을 받았기 때문이지요. 하지만 울었다는 사실을 인정하기는 부끄럽습니다. 상심을 남에게 드러내는 것이 잘못이 아닐까 하는 불안, 그것 역시 마무리 짓지 못한 일입니다.

사랑은 무조건적입니다. 사랑은 요구하지 않습니다. 그냥 거기 있는 것입니다.

자연스러운 사랑의 한 가지 형태는 어린 생명을 지키고 보살피는 것입니다. 아이는 그 손길을 통해 보살핌과 보호를 받고 있다고 느낄 것입니다. 사랑의 또 한 가지 측면은 "아니."라고 말하는 능력입니다. 어린 아들에게 "이제부터는 신발 끈을 안 매줄 거야. 혼자서도 잘할 수 있으니까."라고 말할 수 있는 마음가짐이지요.

처음에는 아이가 화를 내거나 떼를 써서 어떻게든 엄마가 매어주게끔 애를 쓰겠지요. 그래도 여러분은 끝까지 생각을 바꾸지 않고 아이에게 "네가 혼자 할 수 있다고 난 믿어. 네 나이 때 엄마는 너보다 훨씬 못했거든."이라며 믿음의 느낌을 전달해야 합니다. 그럼 아이도 결국 고집을 꺾고 허리를 굽혀 자기가 할 수 있는 만큼 끈을 묶어보려고 애를 쓸 것이고, 그러고 나면 정말로 자기가 혼자 신발 끈을 묶을 수 있다는 사실을 확인하고 무척 자랑스러울 것입니다.

이렇게 자신감과 자기애가 자랍니다. 마무리 짓지 못한 일이 있다면 반드시 그 짐을 훌훌 털어버려야 합니다. 그렇지 않으면 그것이 남은 생애 내내 여러분을 괴롭힐 것입니다. 기생충처럼 자라서 여러분의 속을 완전히 질식시킬 것입니다.

충만한 삶을 살고 나서 누군가를 잃는다면 애도 작업이 굳이 필요치 않습니다. 정말 슬플 테지만 별도의 애도 **작업은** 필요하지 않습니다.

애도 **작업**이란 마무리 짓지 못한 일입니다. 두려움이자 수치심이자 죄책감이며, 모든 부자연스러운 감정과 마무리 짓지 못한 일을 다 합친 것입니다. 이 거대한 산은 당연히 여러분의 힘을 모조리 앗아갈 것이며 몸은 물론이고 마음의 건강도 망가뜨릴 것입니다.

인생의
유일한 목적

자기 결정의 책임은 오롯이 혼자의 몫입니다. 결정을 내릴 때는 그 결정에 대한 책임을 지겠다는 각오도 해야 합니다. 누군가 자살을 원한다고 가정해봅시다. 그런 결정을 내린 사람은 그 결정의 결과도 받아들여야만 합니다. 이 경우 그는 가족에게 **크나큰** 죄책감을 안겨줄 것입니다. 남은 가족은 '왜 이런 일이 일어나야 했을까?'라거나 '내가 뭘 잘못했을까?' 혹은 '신호를 보냈을 텐데 왜 내가 그걸 놓쳤을까?'라며 끊임없이 자책할 것이고, 이런 상황을 악몽으로 만들 온갖 질문들을 던질 것입니다. 이들이 겪는 악몽에 대한 책임은

자살을 한 사람에게 있습니다. 그것은 **그의** 짐이 될 것이며, 그가 저편에서 떠안아야 할 부담이 될 것입니다.

결정의 기로에 설 때마다 여러분에게는 완벽히 자유롭게 선택할 권리가 있습니다. 그건 인간이 태어날 때 받는 가장 큰 선물입니다. 우리는 우주에서 유일하게 결정의 자유를 누리는 생명체입니다. 하지만 이 결정에는 큰 책임이 동반됩니다.

물론 이 지점에서도 구분은 필요합니다. 제가 보기에 젊은이들의 자살은 약 70퍼센트가 의사의 책임입니다. 달리 표현할 수가 없는 것이…… 혹시 여기에 정신과 의사가 계신가요……? 네!

우리의 임무는 잘 알려지지 않은 조울증의 초기 증상을 진단하는 것이지만 안타깝게도 실패하는 경우가 너무 많습니다. 어떤 젊은 여성이 남자친구와 헤어졌거나 부모와 사이가 좋지 않아서 정말 침울해하면…… 우리는 지극히 정상이라고 생각합니다. 조울증이 아직 많이 알려지지 않았기 때문에 첫 징후를 놓치고 마는 것이지요.

이럴 때 리튬을 처방하면 아주 **빠른** 시간 안에 증상을 호전시킬 수 있습니다. 제 판단으로는 리튬이 이 환자를 도울 수 있는 유일한 약입니다. 우울증의 등에 박힌 깊은 절망의 가시를 **빼**주거든요. 환자의 기분은 여전히 우울하지만 더 나락으로 떨어지지 않고 일정한 기본 수위를 유지합니다. 조증 단계에서도 기분이 좋긴 하지만 과도한 반응을 보이지는 않습니다.

그래서 우리는 조울증의 가능성에 대해 사람들에게 더 많이 알려야 할 것이고 필요하다면 환자에게 올바른 약을 처방해야 할 것입니다. 전 절대 환자에게 무턱대고 향정신성약품을 처방하는 그런 정신과 의사가 아닙니다. 리튬은 저도 사용하는 몇 안 되는 약품 중 하나입니다.

젊은 여성이 남자친구와 헤어지거나 엄마한테 화가 나서 앙갚음을 하고 싶어서 자살을 한 경우는 결정의 책임을 진다는 측면에서 볼 때 전혀 다른 문제입니다. "어떻게 네가 나한테 이럴 수 있어? 남은 평생 죄책감으로 괴로워하게 만들어 줄 거야." 그녀는 복수심 때문에 다른 사람에게 죄책감을 심어주고 싶어서 자살을 합니다. 복수심의 대가로 자기 목숨을 내놓습니다. 남자친구가 괴로워하며 자기 잘못을 깨달을 수만 있다면 무슨 짓이든 다 할 만큼 정신이 완전히 나가버렸기 때문이지요.

이런 동기의 자살은 조울증인 줄 모르고 힘들어 누가 무슨 말을 하건 무슨 짓을 하건 상관없이 그저 죽고만 싶을 정도로 절망에 빠진 젊은 여성의 자살과는 전혀 다른 결과를 초래합니다. 후자의 경우는 우리가 무슨 말을 해도 그녀를 절망의 늪에서 끄집어낼 수 없을 테니까요.

여러분들은 혹시 희망이 안 보인다 싶을 정도로 절망했던 적이 있으신가요? 있다면 그 상태가 얼마나 힘든지 잘 아실 겁니다. 그 기분을 열 배로 키우면 조울증 환자가 울증일 때 어떤 기분인지 짐작할 수 있을 겁니다. 아무것도, 그 무엇도 의미가 없습니다. 정말이지…… 최악입니다. 절대적인 공허감이지요. 말 그대로 길이 안 보입니다. 이 터널에서 빠져나가 햇빛을 다시 볼 날이 절대 없을 것 같습니다. 이런 상황에서 유일한 방법은 죽음으로 이 견디기 힘든 삶을 끝내는 것입니다.

그런 자살은 사후에, 그의 삶이 다 끝났을 때 암으로 죽은 것과 같은 평가를 받을 것입니다. 이런 형태의 우울증과 자살은 환자에게는 책임이 없는 질병이니까요.

이번 생에 들어야 할 수업을 다 듣지 않고 이번 생에 가르쳐야 할 것들을 다 전하지 않으면 다음 학년으로 '옮겨갈' 수 없습니다. 우리의 삶은 말 그대로 학교입니다. 시험을 쳐서 합격을 해야 졸업할 수 있는 학교이지요. 첫 시험에 합격하면 두 배 더 어려운 숙제를 받습니다. 처음 받은 숙제보다 훨씬 어렵지요. 그래도 노력해서 그것마저 다 풀면 그다음엔 세 배 더 어려운 숙제를 받게 됩니다.

그렇게 점점 더 수준이 올라가지만 시험은 절대 더 쉬워지지 않습니다. 아니 점점 더 어려워지지요. 시험은 칠 때마다 더 힘들고 어려워지지만 문제를 풀기는 점점 더 수월해질 것입니다. 무슨 말인지 아시겠습니까? 1학년에게 5학년 수학 문제를 내면 풀 수 없습니다. 하지만 5학년이 같은 문제를 받으면 이야기가 달라지지요. 1학년보다 훨씬 더 준비가 잘되어 있기 때문에 시험에 합격할 확률도 높아집니다.

마침내 정상에 도달했다, 드디어 해냈다는 생각이 들 때면 머리 위에 아주 무거운 물건이 떨어질 것입니다. (청중석에서 웃음) 그것마저 이겨내면 이번에는…… 글쎄요. 더 큰 것이 떨어지겠지요. 어쨌든 엄청 무거울 겁니다. 나는 그런 것도 이미 다 이겨냈다! 그렇게 생각하시는 분이 계신가요? (청중석에서 대답이 들린다. "저요.") 가혹했다고 생각하시나요? ("네.") 좋습니다. 그럼 제일 무거운 것이 기다리고 있을 겁니다. (청중석에서 웃음)

그게 인생입니다. 인생의 유일한 목적은 영적 발전입니다. 원심분리기도 통과할 정도로 완벽해질 때까지 내면이 성장하는 것입니다. 인생의 원심분리기에 들어가서 잘 갈린 다이아몬드가 되어 나오느냐 아니면 부서진 돌이 되어 나오느냐는 **그 누구도 아닌** 오직 여러분의 몫입니다.

구조할 것인가,
도울 것인가

여러분이 누군가를 구조한다면 그를 돕지 못합니다. 제가 무슨 말을 하고 싶은지 알아들으셨을 겁니다. 구조는 **상대**를 허약한 인간으로, 자신을 큰 스승으로 만드는 일이니까요. 상처의 원인은 그대로 두고 반창고만 붙인다면 결코 상대에게 도움이 되지 않을 겁니다.

우리 모두는 우리의 형제자매들을 지키는 목동입니다. 도움이 필요하다고 생각되면 도와야 합니다. 하지만 도움과 **구조**의 차이를 반드시 알아야 합니다. 구조란 상대의 삶에서 어떤 사실을 돌이킬 수 없는 것으로 못 박는 짓입니다. 도움은 상대가 겸손을 배워 도움을 청할 때 거기 있는 것입니다. 진정한 조력자, 진실로 인간적인 인간과 구조자의 차이는 한 끗입니다.

(청중석에서 한 사람이 너무 아파서 더 살고 싶지 않다는 사람에게 어떻게 하는 것이 옳은지 묻는다.) 보편적 법칙이라고 들어보셨지요? 몇 가지 기본 법칙을 아셔야 합니다. "살인하지 말라."도 그런 보편타당한 법칙입니다. 세계 어디서건, **여러분**의 종교뿐 아니라 세계 모든 종교에서 통하는 법칙입니다. 누군가 여러분에게 이유가 무엇이든 죽여 달라고 부탁을 한다면 일단 왜 그 사람이 더 이상 살고 싶지 않은지 그 이유부터 알아내야 합니다. 여러분 중에 그런 분들을 보살피시는 분이 계신가요? 더 살고 싶지 않은 사람들, 휠체어가 없으면 꼼짝도 못하고 대소변도 못 가리고 누구 하나 손잡아주고 입 맞춰줄 사람 하나 없이 하루 종일 멍하니 있는 사람들.

누가 그런 인생을 살고 싶겠습니까? 당연히 아무도 없습니다. 여러분이…… 진심으로 그의 마음이 되어 그에게 "나는 그렇게 살고 싶지 않다."라고 말할 수 있다면 이런 질문을 던져보세요. "어떻게 해야 그의 상황을 바꿀 수 있을까? 저렇게 연명만 하다가 죽을 것이 아니라 하루를 살아도 사는 것처럼 살다 갈 수 있으려면 어떻게 해야 할까?" 그럼 여러분은 이런 것 저런 것을 바꿀 것입니다.

혹시 케이티의 영화를 보신 분 계시나요? 우리가 찍은 비디오인데 걷지 못해 휠체어에 앉은 노인들이 춤을 추는 장면을 찍은 것입니다. 안 보셨나요?

우리가 어떻게 노인들을 도울 수 있는지 가르쳐주는 비디오지요. 일부러 굉장히 연세가 많으신 어르신들을 골랐어요. 예순두 살은 어림도 없죠. 그랬다가는 우리도 금방 저 자리에 가겠구나 하는 생각이 들 거잖아요. (청중석에서 웃음) 그래서 요양원에 계시는 여든 살에서 백네 살까지의 할머니 할아버지들로 몸이 마비되어 휠체어에 앉으신 분들을 골랐습니다. 우리가 생각하는 전형적인 노인, 혼자서는 거동도 잘 못하시고 그리 썩⋯⋯ 정정하지 않으신 분들을 골라 삶을 가르쳐드리고 싶었습니다.

우리 센터에 무용가가 한 분 계신데 그분이 어르신들에게 스텝을 보여드렸어요. 하지만 말씀드렸다시피 몸이 말을 안 들어서 휠체어에 앉아 계시는 분들입니다. 무용가가 휠체어를 모아서 둥그렇게 원을 만들고 사진기사가 비디오를 찍었습니다. 그 비디오에선 사람들은 카메라를 보며 포즈를 취하고 미소를 짓고 예쁘고 행복하게 보이려고 애쓰지 않습니다. 사진기사가 참가자들 뒤편에 서서 그들의 발만 찍었거든요. 꼼짝도 하지 않고 가만히 놓여 있는 죽은 발들만 말입니다.

그런데 무용수가 차이코프스키, 모차르트 같은 인기 클래식 음악에 맞추어 춤을 추자 갑자기 그 발들이 움직이기 시작했습니다. (감탄의 물결이 청중석을 지나간다.) 그리고 노인들이 정말로 일어나 걷기 시작했습니다. 한 할아버지는 휠체어에서 벌떡 일어나더니 옆의 할머니를 붙들고 왈츠를 추기 시작했고⋯⋯ (와르르 웃음이 터진다.) 할머니의 몸 여기저기를 만지고⋯⋯ 쓰다듬기 시작했습니다. 비디오에 다 찍혔습니다.

나중에 두 사람은 약혼을 했습니다. (기분 좋은 웃음) 할머니는 반드시 결혼식을 올려야 한다고 고집을 피웠는데 이유는 새 옷을 한 벌 장만하고 싶었기 때문이었지요. (웃음) 머리가 정말 잘 돌아가는 할머니시죠? (큰 웃음소리)

그 비디오를 보셔야 합니다. 그 양로원도 보셔야 합니다. (청중이 질문을 한다. "양로원 이름이 뭐죠?") 제가 뇌졸중을 앓은 적이 있어서 이름을 기억 못하겠습니다. 안내서에 비디오 광고가 있을 겁니다. 할머니들의 춤 이야기도요. 할머니들이 춤추는 모습을 보시면 아마 깜짝 놀라실 겁니다. 그 모든 것이 단 한 사람 덕분이었죠. 아름다운 음악을 틀어주고 그들의 삶에 약간의 생명을 불어넣어 준 단 한 사람이 있었기 때문이었죠.

나의
어머니

노년에 다다른 저의 어머니에게는 문제가 딱 하나밖에 없었습니
다. 사실 큰 문제긴 했죠. 어머니는 남의 도움을 끔찍이 싫어하셨
거든요. 정작 당신은 남이 달라면 속옷도 벗어주실 분이시면서 말
이죠. 어머니는 평생 뼈 빠지게 일하셨습니다. 딸 세쌍둥이에 아들
하나를 키웠습니다. 지금으로부터 60년 전에 세쌍둥이와 여섯 살
난 사내아이를 키운다는 것이 얼마나 고된 일이었을지 한번 상상
해보세요. 세탁기도 없고 종이 기저귀도 없는데 수돗물이 있나 온
수가 나오기를 하나. 어머니는 9개월 동안 세쌍둥이에게 세 시간에

한 번씩 젖을 먹였습니다. 정말 어마어마하게 힘들었을 겁니다. 그런데도 어머니는 주기만 하셨죠. 진정한 사랑으로 말입니다.

그런데도 정작 당신은 받으실 줄을 몰랐습니다. 그게 안 되는 거죠. 제가 보기엔 거의 병적이었어요.

이를테면 이웃집 아줌마가 어머니 일손을 덜어주고자 토요일에 케이크를 구워 몇 조각 가져다줍니다. 후식으로 먹으라면서요. 그럼 어머니는 그다음 주에 반드시 케이크를 구워 그 집에 몇 조각을 갖다주어야 직성이 풀립니다.

혹시 주변에 그런 사람들이 있습니까? 그럼 그분들께 오늘 제가 들려드린 이야기를 전해주세요. 그래야 우리 어머니처럼 되지 않을 겁니다. 사실 저도 이 교훈을 잊지 말아야 하고요.

어머니는 어느 날 쓰러져 꼼짝도 못하는 신세가 될까 봐 제일 걱정하셨습니다. 그렇게 되면 어쩔 수 없이 남의 도움을 받아야 할 테니까요. 그것이 어머니에게 일어날 수 있는 최악의 사태였던 겁니다. 우리는 그것을 약점으로 삼아 어머니를 놀렸죠. "엄마, 그렇게 아무것도 안 받고 감사하지 못하면 나중에 후회하실 거예요. 그 케이크를 그냥 받았더라면 이웃집 아줌마가 정말 좋아하셨을 텐데." 하지만 어머니는 우리 말을 들으려고 하지 않았습니다.

그런데 그렇게 걱정하던 일이 결국 현실이 되고 말았습니다. 어느 날 어머니가 욕실에서 쓰러진 채 발견되었고 뇌졸중인 것 같다는 전화를 받았습니다. 어머니는 전신이 마비되었습니다. 말도 못하고 움직일 수도 없었지요. 정말로 아무것도 할 수 없었습니다.

우리는 서둘러 어머니를 병원으로 모셨습니다. 유일하게 움직일 수 있는 부분이 왼쪽 손이었는데 어머니가 그 손으로 생명 유지에 필요한 코에 박힌 관을 빼내려고 하셨기 때문에 병원에서 그 손마저 묶어버렸습니다. 정말 온몸을 꼼짝도 할 수 없게 되신 거죠. 전 어머니께 약속했습니다. "엄마가 돌아가실 때까지 제가 살 수 있게 도와드릴게요."

어머니를 죽게 도와드릴 수는 없었습니다. 뇌졸중으로 쓰러지기 얼마 전에 어머니가 제게 만일 그런 사태가 벌어지면 약을 달라고 부탁하셨습니다. 전 말했죠. "그럴 수 없어요. 밤낮을 가리지 않고 세 시간에 한 번씩 젖을 물려가며 키웠고 온갖 희생도 마다하지 않은 엄마한테 제가 어떻게 그럴 수가…… 전 못 해요." 어머니는 엄청 화를 내셨습니다.

물론 그다음에 한 말은 실수였습니다. "엄마가 죽게 도와드릴 수는 없어요. 하지만 엄마가 돌아가실 때까지 제가 살 수 있게 도와드릴게요." 어머니는 정말로 섭섭하셨을 겁니다. 죽을 만큼 불행하셨을 것이고 저를 이해하지 못하셨을 겁니다. 어머니는 절 비난했습니다. "이 집안에서 의사는 너뿐이야. 넌 어렵지 않잖아."

다행히도 전 뜻을 굽히지 않았습니다. 사실 전 마음이 무척 여린 사람이거든요.

대화를 나누고 사흘 후에 전 다시 미국으로 날아갔습니다. 하지만 도착하자마자 어머니가 쓰러졌다는 소식을 들었고 그 즉시 스위스로 돌아왔습니다.

우리는 어머니를 최대한 빨리 병원으로 모셨습니다. 집중치료실의 온갖 기계와 산소호흡기가 어머니를 기다리고 있었습니다. 그러자 어머니는 그것—고무관*이 뭔지 여러분도 아시죠?—을 이용하셨습니다. 알루미늄 침대 난간을 고무관으로 삼았던 거죠.

어머니가 침대 난간을 어찌나 세게 흔들어댔는지 병원 바깥의 도로에서도 다 들릴 정도였습니다. 병원에 발을 딛는 순간 어머니의 분노와 난간 흔드는 소리가 귀를 때렸죠. 어머니는 말을 할 수 없었습니다. 그러니 침대 난간을 흔드는 것이 자신의 의사를 전달할 수 있는 유일한 방법이셨던 거죠. 그 소리를 계속 참아줄 수는 없었습니다. 어머니의 분노는 충분히 이해가 되었지요. 꼼짝도 못하고 누워 낯선 사람들의 손에 자기 몸을 맡겨야 했을 테니 얼마나 화가 났겠습니까?

그래서 어머니께 호스피스 같은 데로 가면 어떻겠냐고 물었습니다. 이게 다 한참 전 이야기라 그때만 해도 지금 우리가 생각하는 호스피스는 아직 없었습니다. 제가 생각한 것은 오래된 기관, 일종의 요양소 같은 곳으로 수녀들이 환자를 보살피고 사랑을 나누어주는 그런 곳이었습니다. 기계도 호흡기도 전혀 없는 곳이지요. 어머니는 그러겠다고 하셨습니다. 메시지가 아주 확실했습니다.

하지만 스위스에서 그런 장소를 찾기란 보통 힘든 일이 아니었

---

* 엘리자베스의 워크숍에선 환자들에게 고무관을 주고 매트리스를 때려서 분노와 고통과 무력감을 표현하라고 가르친다.

습니다. 대기자 명단이 엄청나게 길었기 때문이지요. 그때 전 처음이자 마지막으로 세쌍둥이로 태어난 것에 감사했습니다. 셋이서 머리를 맞대고 어머니를 모실 장소를 찾을 수 있었거든요. 여동생 하나는 사람의 마음을 얻는 재주가 있었고 또 하나는 머리가 잘 돌아갔고 전 미국에 살았지요. 그 말은 돈이 많다는 뜻입니다. (청중석에서 웃음) 당시엔 달러가 아직 1대 4였거든요.

전 돈이 얼마가 들건 내가 다 내겠다고 장담했고, 사람 마음을 얻는 재주를 가진 동생은 어머니에게 침상을 내줄 의사를 유혹하겠다고 했으며, (웃음) 머리가 비상한 동생은 목표 달성을 위해서라면 제 아무리 추악한 계략이라도 총동원하겠다고 큰소리쳤죠. (웃음) 누가 48시간 안에 침상을 구했을까요? (청중석에서 대답한다. "달러?")

다행히 스위스에선 안 통했죠. (큰 웃음) 유혹이었습니다. (웃음) 그 동생이 48시간 안에 요양원 자리를 찾아냈습니다. 어떻게 했는지는 묻지 않았습니다. (더 큰 웃음)

어머니가 들어가실 요양원은 바젤에 있었습니다. 어머니가 취리히에 사셨으니 상당히 먼 거리였죠. 요양원 환자 한 분이 갑자기 돌아가시는 바람에 자리가 났습니다. 그냥 침대보만 갈면 되니까요. 일이 아주 빠르게 진행되었습니다.

취리히에서 바젤까지 어머니와 동행한 그 길은 지금껏 제가 환자가 함께 했던 여행 중에서도 단연 최고였습니다. 하지만 그 전에 어머니의 살림살이를 해결해야 했습니다. (약간 잠긴 목소리로) 어머니가 쓰시던 물건을 모조리 나누어주는 것, 그게 어떤 기분인지 아시 나요? 그림, 책, 옷, 온갖 개인용품들을 정리하는 것 말입니다. 어 머니는 아직 살아 계시지만 두 번 다시 집으로 돌아올 수 없다는 것을 알기에……. 사실 어머니의 집은 제 도피처이기도 했습니다. 그러니 저 역시도 오고 싶을 때마다 돌아오던 집을 영원히 잃어버 리는 것이지요.

전 어머니가 평소 아끼던 물건들을 쭉 적어 리스트를 만들었습 니다. 이를테면 우리 셋이 돈을 모아 작은 그물 모자를 선물해드렸 습니다. 이듬해 크리스마스에는 그 모자에 어울리는 옷깃을 선물 했지요. 셋이서 돈을 모아서 그 모자와 옷깃을 사드렸습니다. 어머 니는 정말 검소하신 분이셨지만 딸들이 사준 모자를 정말 자랑스 러워하셨습니다.

그렇게 물건 리스트를 작성하고 어머니를 태워 갈 구급차를 불 렀습니다. 전 가는 길에 마시려고 계란 리큐어 한 병을 샀습니다. 향신료를 넣어 만든 달걀술인데 유럽에선 계란 리큐어라고 부릅니 다. 사실 술보다 계란이 더 많이 들었지만요. (청중석에서 웃음) 미국 에서는 그런 걸 못 본 것 같습니다. 네덜란드가 원조인데 정말 맛 있답니다. 술 마시는 것 같지 않은데 금방 취하거든요. (청중석에서 웃음) 우리 가족은 아무도 술은 안 마시지만 이번에는 필요할 것 같 아서 한 병 장만했습니다.

그렇게 어머니와 전 구급차를 타고 바젤로 향했습니다. 제 손엔 어머니의 물건 리스트가 들려 있었죠. 아까 말씀드린 어머니 집에 있던, 어머니가 아끼시던 물건들 말입니다. 전 어머니에게 각 물건을 주고 싶은 사람의 이름을 제가 부를 때 "으으으"라고 하면 된다고 말씀드렸습니다.

제가 리스트에 적힌 물건을 하나 말하고, 우체부 아줌마에서 우유 배달 아저씨에 이르기까지 그 물건을 받을 모든 후보들을 쭉 부릅니다. 이름을 하나 말합니다. 조용합니다. 또 하나 부릅니다. 여전히 조용합니다. 그러다 적임자의 이름을 부르면 갑자기 어머니가 "으으으" 하시고, 그럼 전 그 물건 옆에 그 이름을 적습니다. 그렇게 물건의 새 임자가 정해질 때마다 우리는······ (그녀가 술 마시는 시늉을 한다.) 한 잔 했지요. (청중석에서 웃음) 그래서 바젤에 도착했을 때 술병은 비었지만 (목소리에 웃음기를 담아) 리스트는 완성되었습니다. 그것이 어머니의 마지막 과제였고, 그것을 제가 어머니와 함께 마무리 지었습니다. 제 평생 환자들과 함께 한 여행 중 가장 만족스러운 여행이었지요.

마침내 도착한 병원은 족히 200년은 되었을 것 같은 모양새였고 침대 난간은 딱딱한 나무여서 꼼짝도 하지 않았습니다.

바젤의 병원이 어머니에게서 '딸랑이'를 뺏어버린 것이지요. 분노와 무력감을 표현할 수 있는 유일한 가능성, 유일한 장난감을 말입니다. 속으로 생각했습니다. '며칠밖에 안 남았을 거야. 그 정도는 어머니도 참으실 거야.'

자기 몫의
고통에 대하여

하지만 어머니는 4년을 더 사셨습니다. 무려 4년을 더! 말 한마디 할 수 없었고 의사를 전달할 그 어떤 방법도 없었습니다. 어머니가 절 노려보셨고 전 죄책감이 들었습니다. 눈빛 하나로 절 깊디깊은 죄책감의 구렁텅이로 몰아넣을 수 있다는 것을 아셨던 것이지요.

전 신께 화가 났습니다. 말로는 다 표현할 수 없을 만큼 분노했습니다. 할 수만 있다면 사지를 찢었을 겁니다. 모든 언어, 스위스 독일어, 프랑스어, 이탈리아어, 영어를 총동원했습니다. 신은 꼼짝도 하지 않았습니다. 대답도 없었습니다. 아무것도 하지 않았습니다.

전 신을 욕했습니다. "나쁜 놈!" (짜증난 말투로) 우리가 쓰는 말로 욕을 했습니다. 미동도 없었습니다. 그래서 더 화가 났습니다.

여러분도 아실 겁니다. 여러분이 신을 욕합니다. 그럼 신은 그냥 거기 앉아서 여러분을 사랑하십니다. (그녀가 일부러 짜증스럽다는 표정을 지으며 신음소리를 낸다. 청중석에서 웃음) 화가 나서 돌겠는데 누군가 여러분에게 "사랑해."라고 말하면 어떤 기분이 들지 아시죠? (청중석에서 웃음) 죽여버리고 싶을 겁니다. 하지만 신은 이미 죽었습니다. 그러니 다시 죽일 수가 없지요. 그래서 전 죽치고 앉아서 화를 냈고, 신과 협상하려 애썼으며, 절망했고, 죄책감을 느꼈고 불행했습니다.

저의 분노는 어머니가 살아 계셨던 4년으로 그치지 않았습니다. 어머니가 돌아가시고 나서도 오래오래 신을 향한 제 감정들을 붙들고 씨름했습니다. 그리고 마침내 다시 그 모든 것과 화해할 수밖에 없었습니다. 전 생각했죠. '신이 그런 개새끼일 리가 없어. 하지만 아무리 그래도 그렇지. 사랑과 연민과 이해심이 넘쳐나는 신이 어떻게 79년 동안 사랑하고 양보하고 보살피고 나누기만 했던 그 여인을 그렇게 괴롭힐 수가 있을까?' 신이라면 그럴 수 없다고 생각했습니다. 그건 신이 아닐 거라고 생각했습니다. 그런 존재와는 상대하고 싶지 않았습니다. 그렇게 생각했습니다.

어머니가 돌아가시고 몇 달이 흘렀습니다. 어머니가 마침내 숨을 거둘 수 있어서 제가 얼마나 마음이 가볍고 좋았는지는 굳이 말하지 않아도 아실 겁니다. 전…… 어떻게 말씀드려야 할지 모르겠지만 다시 한 번 신에 대해 고민을 했습니다. 그리고 문득 그 모든 것이 —어머니의 그 모든 고통이— 어떤 의미였는지, 무엇에 좋았는지 깨달았습니다. 그 순간은 거의 제정신이 아니었습니다. 절로 감사의 말이 흘러나왔지요. "고맙습니다. 고맙습니다. 고맙습니다. 고맙습니다. 당신은 제가 만난 남자들 중 가장 후한 남자입니다." 제가 인색한 남자들을 좀 싫어하거든요. (청중석에서 웃음) 인색한 남자들은 제 첫 워크숍에서도 큰 문제였습니다. 그러니까 신을 후한 남자라 부른 것은 제가 드릴 수 있는 최고의 찬사였던 겁니다. (웃음) 신은 여자가 아니라 남자인 게 분명합니다. 전 인색한 남자들만 싫어하지 인색한 여자들은 안 싫어하거든요. 그래서 **마침내** 신을 다른 눈으로 바라볼 수 있게 되자 제가 완전히 들떠서 이렇게 말했던 것이지요. "당신은 제가 만난 남자들 중 제일 후한 남자입니다."

그날 제가 얻은 깨달음은 누구나 배워야 할 교훈은 반드시 배워야 한다는 것이었습니다. 그것이 어떤 교훈일지 알아내는 것은 **여러분** 스스로의 책임입니다. 전 적어도 **그것**을 알았기에 제가 배워야 하는 교훈은 꼭 그렇게까지 가혹할 필요가 없었을 겁니다. 저는 신이 어머니께 무슨 일을 했는지 마침내 깨달았습니다. 그 고통의 의미는 먼발치에서만 깨달을 수 있다는 것을 이해했습니다. 여러분이 저 위에 앉아 있고 바로 옆에 동생이 있다면 여러분은 선입견에 사로잡혀 아무것도 보지 못할 겁니다. 하지만 여러분이 팀북투로 떠나거나 사막에 가서 명상을 한다면, 혹은 애리조나 같은 곳으로 멀리 떠나거나 다른 일을 한다면…… 어느 정도의 거리만 있으면 됩니다. 그럼 또렷하게 볼 수 있습니다.

엄청난 고통을 받으면서 눈빛으로 저를 죄책감의 깊은 구렁텅이로 몰아넣으시던 어머니를 멀리서 떠올리니 이제야 신이 얼마나 관대하신지 알 수 있었습니다. 신은 어머니께 79년 동안 걷고 사랑할 수 있게 허락하셨습니다. 남에게 받는 연습은 딱 4년만 하면 되었던 거지요.

제 말을 이해하셨습니까? 그걸 전 관대하다고 부릅니다.

쉬운 여정에선 그 사실을 깨닫지 못했기에 힘든 여정을 걸을 수밖에 없는 사람을 보더라도 전 이제 그것이 **그분** 탓이라는 사실을 압니다. 하지만 아무도 우리에게 말해주지 않을 겁니다. 그 교훈을 조금 더 일찍 배울 수도 있었을 겁니다. 흘려듣거나 듣지 못하는 책임이 오직 우리 자신에게 있다는 사실을 깨달을 기회는 충분했을 테니까요. 앞에서도 말씀드렸습니다. 어떤 사람이 머리를 세게 한 대 얻어맞습니다. 그러고도 아무런 교훈을 얻지 못한다면 더 세게 얻어맞을 것입니다. 너무 세게 맞아서 부서져버릴지도 모릅니다.

제자들이 1년 전부터 저더러 제발 좀 쉬라고, 이제는 휴가도 좀 내고 그러라고 귀에 못이 박히도록 이야기했습니다. 하지만 휴식은 제 사전에 없는 단어였습니다. 옆에서 이야기를 해도 2분만 지나면 홀라당 까먹고는 쉴 생각을 못하고 계속 일을 해댔지요.

제자들이 연신 채근을 했습니다. "이젠 정말 쉬셔야 해요. 휴가를 내세요. 선생님이 전부 다 하실 수는 없어요. 쉬는 법도 배우셔야죠. 하루 17시간, 일주일에 7일, 이렇게 한정 없이 계속 일하실 수는 없어요." 그래요. 맞는 말이었죠. 전 그 말을 듣고 언젠가 상황이 나아지면 휴가를 내자고 결심했습니다.

그러다 1988년 8월에 가벼운 뇌졸중이 찾아왔습니다. 일시적으로 마비가 와서 말을 못했습니다.

지난달, 아니 1988년 12월 초에는 이대로 계속 일하다가는 또 쓰러질 것이라는 경고를 받았습니다. 첫 번째 가르침을 배우지 못하면 두 번째에는 더 혹독한 교훈을 얻게 됩니다. 그래서 전 이제 자주 쉬면서 긴장을 풉니다. 정말 오랜만에 워크숍에서 이렇게 잠시나마 앉아 있어봅니다.(앞에서 이 강연이 1985년에 이뤄졌다고 소개했다. 여기서 갑자기 1988년이 나온 이유는 엮은이가 여러 강연의 내용을 읽기 좋게 짜 맞추면서 다른 강연의 내용을 포함시켰기 때문이다. 어떤 강연인지는 부정확하지만 책 앞부분의 일러두기를 보면 1989년의 "The Tucson Workshop"일 것으로 짐작된다. ─옮긴이)

제가 만일 어머니의 바람대로 어머니에게 약을 드렸더라면 어머니는 돌아와 다시 완전히 처음부터 시작해야 했을 것입니다. 남에게 받는 법을 다시 처음부터 배워야 했을 것입니다. 곱사등으로 태어났거나 몸이 마비되었거나 대소변을 가리지 못해서 누군가 어머니의 '엉덩이'를 닦아주어야 했을 겁니다. 또 누군가 떠먹여주는 밥을 받아먹어야 했을 것이고 무엇이든 다른 사람의 손에 의지하여 어쩔 수 없이 남에게 받는 법을 배워야 했을 것입니다.

하지만 제가 어머니의 청을 거절했기 때문에, 제가 어머니를 진심으로 사랑했기 때문에 —전 지금도 어머니를 사랑합니다— 어머니는 그런 고통스러운 한 번의 삶을 온전히 면하였습니다. 제가 무슨 말을 하려는 건지 아시겠습니까?

여러분이 사람을 **구할** 수는 없습니다. 만일 그런 일을 한다면 그들은 여러분 때문에 얻지 못한 교훈을 다시 배워야만 합니다. 같은 이유로 남을 대신해 여러분이 시험장에 가고 여러분이 대신 자격증을 딸 수는 없습니다. 그 사람이 직접 가서 직접 따야 합니다.

답은 사랑입니다. 진정한 사랑입니다. 저의 스승님들은 제게 진정한 사랑의 가장 멋진 정의를 알려주셨습니다. 진정한 사랑이란 상대가 가르침을 배우도록 허락하는 것입니다. 배우지 못하게 막지 않는 것입니다. 사랑이란 아이가 타는 자전거에 언제 보조바퀴를 달아야 할지를 아는 것이지만, 언제 바퀴를 떼어낼지 아는 것도 사랑입니다. 그것이 사랑입니다. 보조바퀴를 떼어내는 것은 붙이는 것보다 훨씬 더 힘이 듭니다. 그래도 언젠가는 떼어내**야만** 합니다.

그러므로 누군가 여러분에게 구조를 바란다면 그에게 다정하게 말하세요. 그가 고통을 겪고 무엇을 배울지 몰라도 그 고통은 그가 그것을 시험으로 바라보고 그 시험을 통과할 수 있도록 온전히 **그 사람** 개인에게 주어진 것이라고. 혹시라도 마음이 약해져서 그의 시험을 대신 치른다면 여러분은 그에게서 큰 걸음을 앗을 것이며, 그는 여러분을 오래오래 미워할 것입니다. 아주 특별한 가르침을 배울 수 있는 마지막 기회를 당신이 빼앗아버렸으니 말입니다.

다들 확실히 이해하셨나요? 진정한 **조력자**, 진실로 인간적인 인간과 **구조자**의 차이는 한 끗입니다. 그 사실을 여러분이 명심하셨으면 좋겠습니다.

(청중석에서 한 여성이 어려운 상황에 처해 도움을 부탁하는 사람을 구하지 말라는 엘리자베스의 주장은 모순이라고 말한다.)

아니요. 당연히 도와주셔도 됩니다. 여러분이 가진 능력을 최대한 발휘하셔도 됩니다. 끔찍한 통증에 시달리는 암 환자를 보면 전진통제를 줍니다. 자기가 조울증인지도 모르고 괴로워하는 환자에게는 리튬을 처방합니다. 다만 부탁도 들어줄 수 있는 한계가 있습니다. 진정한 사랑은 "아니."라고도 말할 수 있는 것입니다. "안 됩니다. 제가 해드릴 수 있는 건 여기까지입니다. 나머지는 알아서 하셔야 해요."

물론 그러기가 말처럼 쉽지는 않지요. 또 문제가 없지도 않습니다. 한 사람의 생명을 연장하는 것이 옳은지, 저도 확신이 안 들 때가 많습니다. 아무런 기능도 못하는 사람을 마주할 때도 있습니다. 그래도 저는 의사이므로 쓸 수 있는 모든 생명연장 장치를 총동원해야 한다고 배웠습니다. 제가 그런 환자의 처지가 된다면 절대 그런 식으로 생명을 연장하고 싶지 않을 겁니다. 하지만 미국에선 의사가 그런 조치를 취하지 않을 경우 소송을 당할 수도 있습니다. 그래서 어쩔 수 없이 그런 장치들을 다는 겁니다.

가족이 찾아와 왜 환자의 생명을 구할 이런저런 조치들을 취하지 않았냐고 항의를 할 경우에도 여러분은 결정을 내려야 합니다. 환자의 진짜 바람을 들어줄 것인가? 아니면 아직 환자와 여한을 다 풀지 못해 환자를 그냥 이대로 보내고 싶지 않은 가족의 뜻을 따를 것인가? 모든 것이 항상 흑 아니면 백인 것은 아닙니다. 쉬운 일은 아니지요.

적극적 안락사라면 전 확고합니다. 제 대답은 100퍼센트 **"아니오."**입니다. 그 사람이 왜 그런 특별한 운명을 겪는지 그 **이유**를 우리가 알 수 없기 때문입니다. 여러분이 그를 그 운명에서 구해내려다가는 원망을 들을지도 모릅니다. 제 말을 이해하셨습니까? 그 사실을 꼭 명심하셨으면 좋겠습니다.

(청중석에서 질문이 나온다. "마무리 짓지 못한 일을 털어버리는 것이 어떻게 영적 발전에 도움이 되는지 설명해주실 수 있으십니까?") 제겐 그것이 유일한 길입니다. 시간 있으세요? (청중석에서 웃음) 제가 제 안의 히틀러를 어떻게 몰아냈는지 잠시 이야기해드리고 싶습니다. 그 이야기를 하자면 적어도 15분은 걸릴 겁니다.

내 안의
히틀러

우리 인간에게 정직은 기본 조건입니다. 절대 거짓말을 하면 안 됩니다. 남들에게뿐 아니라 자기 자신에게도요! 화가 나고 기분이 나쁘고 짜증이 치솟아도, 누군가가 밉거나 마음에 들지 않는다 해도, 그건 **여러분**의 문제이지 그 사람의 문제가 아닙니다. 그 점을 명심하세요.

여러분도 아시다시피 저는 전 세계를 돌아다니며 워크숍을 개최합니다. 마무리 짓지 못한 일들을 털어버릴 수 있게 사람들을 돕습니다. 몇 년 전에 하와이에서 그런 워크숍을 열어달라는 부탁을 받았습니다. 우리는 보통 워크숍 장소로 오래된 수도권 도시나 그 비슷한 곳을 찾습니다. 그런 곳은 공간도 넉넉하고 주변 환경도 아름답고 비어 있을 때가 많은 데다 가격도 적당하고 음식도 먹을 만하거든요. 그 조건이면 충분합니다. 아, 물론 누가 고함을 질렀다고 바로 경찰이 달려오는 곳이면 안 되겠지요. 좀 외진 곳이어야 합니다.

그런데 하와이에선 그런 장소를 찾을 수가 없었습니다. 포기해야겠다고 마음을 먹을 즈음에 한 여성이 전화를 걸어 말했습니다. "로스 박사님, 기가 막힌 장소를 찾아냈어요. 그런데 내년 4월에나 쓸 수 있다고 하네요." 전 항상 워크숍 일정을 2년 정도 앞두고 잡습니다. 내년 4월이면 전혀 문제가 안 되었지요. 더구나 너무 많은 기적을 경험했기에 제가 항상 제때에 올바른 장소에 가 있을 것이라 믿습니다. 그러니 무엇 하러 세세한 것까지 신경을 쓰겠습니까? 제 말이 맞지 않나요? (청중석에서 웃음)

그래서 더 생각하지 않았습니다. 더 생각하다가는 공연히 머리만 아플 테니까요. "좋아. 그 집을 빌리지 뭐." 그렇게 생각하고 1000달러 수표를 보냈고 까맣게 잊어버렸습니다.

1년 반이 지나고 비행기 티켓을 끊고 정확한 일정을 살펴야 할 때가 왔습니다. 그런데 세미나 장소와 시간이 적힌 편지를 받고 치밀어 오르는 분노를 참을 수가 없었습니다. 여러분은 믿지 않으시겠지만 화가 머리 꼭대기까지 났습니다. 화는 15초보다 훨씬 오래

갔습니다. 무려 15일이나 화가 났거든요. (청중석에서 웃음)

두 살 때 화를 낸 이후로 제 평생 그렇게 언짢고 기분이 나빴던 적은 없었습니다. 하지만 정서의 사분면이 과민 반응을 하면 당장 지성의 사분면이 달려오게 되어 있지요. 거기서 그렇게 날뛰는 사람이 자신이란 것을 절대로 인정할 수가 없기 때문입니다. '아니 무슨 이런 인간들이 다 있어. 부활절 주간에 일정을 잡다니. 하필이면 부활절 주간에. 말도 안 돼!' 전 부활절 주간에 워크숍을 열게 된 책임을 **그들**에게 돌렸습니다. 너무너무 화가 났습니다. '전 세계를 떠도느라 애들 얼굴도 잘 못 보는데 부활절 주간까지 집에 있지 말라는 거야? 다음번엔 아예 크리스마스도 내놓으라고 하겠군. 나도 애 키우는 엄마인데 부활절에도 애들 얼굴을 못 보다니. 이게 다 **그 미친 인간들** 때문이야.'

그랬다가 다시 마음을 진정시켰습니다. '애들처럼 왜 이래. 부활절 달걀은 전주 주말이나 세미나 끝나고 그려도 될 텐데. 그렇게까지 화낼 일은 아냐.'

그러다가 곧바로 다시 화가 치밀어 올랐습니다. '아냐. 부활절은 워크숍을 열기엔 최악의 시간이야. 가톨릭 신자는 한 사람도 안 올 거잖아. 유대인들도 유월절이라 안 올 것이고. 그럼 개신교 신자들밖에 올 사람이 없어.' (청중석에서 웃음과 박수)

농담이 아니라 진심입니다. 인종과 종교는 물론이고 연령까지 초월하여 열한 살 아이에서 백네 살 할머니까지 참여할 수 있다는 점이 제 워크숍의 큰 장점이라고 생각합니다. 그런데 한 그룹만 참석한다면 우리 모두가 똑같은 인간이며 같은 뿌리에서 와서 같은 뿌리로 돌아간다는 사실을 배우지 못할 겁니다.

비판할 점과 핑곗거리는 수없이 많았지만 지금 여기서 그걸 늘어놓으면서 여러분을 괴롭히고 싶지는 않습니다. 제가 봐도 대단했답니다. 제가 괜히 정신과 의사겠어요? 저의 분노를 정당화할 기가 막힌 이유들을 줄줄이 떠올렸거든요.

그래 봤자 아무 소용이 없었습니다. 아무 도움도 안 되었습니다.

하와이로 가는 비행기 안에서도 기분은 엉망진창이었습니다. 술을 마시는 옆자리 승객을 보면서도 괜히 짜증이 났고 벽에 붙은 파리만 봐도 짜증이 솟구쳤습니다. 속이 부글부글 끓었거든요.

구해뒀다는 장소—여자 기숙 학교였습니다—에 가서 제 방으로 안내를 받아 들어가니 다시금 분노가 솟구쳤습니다. 하마터면 열쇠를 건네주던 젊은이에게 욕을 퍼부을 뻔했습니다. 왜 제가 그렇게 과민반응을 보였는지 이해하시려면 저에 대해 조금 아셔야 합니다. 전 세쌍둥이로 자랐습니다. 그건 악몽이었습니다. 우리는 항상 똑같은 구두를 신고 똑같은 옷을 입고 똑같은 리본을 매고 다녔고 성적도 똑같았습니다. 선생님이 우리를 구분할 수가 없어서 셋한테 똑같이 'C'를 줬거든요. (웃음)

요강도 똑같았습니다. 또 같은 시간에 요강에 앉아 오줌을 눠야 했고요. (웃음) 셋이 다 식사를 마칠 때까지는 식탁에서 일어날 수도 없었습니다. (웃음) 지금 와서 생각하면 그런 경험이 축복이었습니다. 그런 혹독한 훈련이 없었다면 지금처럼 많은 일을 감당하지 못했을 테니까요. 어린 시절이 있었기에 지금처럼 이삼천 명을 앞에 두고 뉴욕에서 강연을 하고 강연이 끝난 후 다시 3000권의 책에 사인을 한 다음 케네디 공항을 헐레벌떡 달려가서 막 떠나려는 비행기를 붙잡아 타는 일정을 소화할 수 있습니다. 비행기에 오르자마자 화장실로 직행을 해 변기에 앉는 순간 누군가 책을 들고 똑똑 노크를 하며 말합니다. "사인 좀 부탁드려요." (웃음)

왜 제가 세쌍둥이로 자라야 했는지 이제 이해하시겠습니까? 그 시간은 훗날 제게 맡겨진 임무를 준비하는 과정이었던 겁니다.

저처럼 최소한의 사생활도 허락되지 않는 환경에서 자라면 사생활에 대한 타인의 욕구에도 굉장히 예민해집니다. 그래서 그 기숙학교의 제 방에 들어서는 순간 알아차렸습니다. 이…… 이 사기꾼 놈—전 그를 사기꾼이라 불렀습니다—이 기숙사를 빌려주고 만 달러를 벌려고 부활절 주간 내내 아이들을 집으로 보내버렸다는 것을요. 돈을 벌고 싶은 마음이야 누가 나무라겠습니까만 제가 용서할 수 없었던 건 아이들한테 낯선 사람이 방을 쓸 것이라는 사실을 말하지 않았다는 겁니다. 아이를 키워본 엄마라면 다 아실 겁니다. 아이들은 낯선 사람이 자기 방에 들어온다 싶으면 책상에 아무렇게나 물건을 놔두지 않습니다. 그렇지 않나요?

한 아이의 신성한 개인 공간을 침입한 기분이었습니다. 아무리 애를 써도 이 침대에선 잠을 잘 수가 없을 것 같았습니다. 방에 있는 것만 해도 힘들었습니다. 너무너무 화가 났습니다. 이보다 더 화가 날 수 없을 만큼 화가 났습니다.

그런데 그 인간이 또 실수를 했습니다. 우리 워크숍에 참가 신청을 한 것이죠. 거절을 할 수 없었기에 더 그가 미웠습니다. 그런데 저녁 식사 시간에 그가 **우리** 그룹이 앉은 식탁으로 오더니 다정한 미소를 지으며 말했습니다. "이 그룹은 너무 많이 드시네요." 그 말을 듣고 제가 무슨 짓을 했는지 아십니까? 무조건적인 사랑을 가르치는 제가요? 전 참가자 한 분 한 분에게 다가가서 채근했습니다. "이 스파게티 싹 다 드세요. 피시볼 하나 더 드릴까요? 절대 남기면 안 돼요. 샐러드 다 드세요! 여기 비스킷도 있어요!" 미친 사람 같았습니다. 빵부스러기 하나라도 남아 있으면 식탁에서 일어나지 못했습니다. 그게 저의 복수였죠. (청중석에서 웃음)

하지만 당시에 저는 제 행동과 그 이유를 전혀 깨닫지 못했습니다. '**우리** 그룹은 먹고 싶으면 먹고야 만다는 것을 저 인간에게 보여주고 말 거야.'라는 강박적 생각에 사로잡혀 있었죠. 그래서 4인분을 먹는 참가자를 조금밖에 안 먹는 참가자보다 네 배 더 사랑했습니다. 일주일 내내 제 자신이 못마땅했지만 저도 어쩔 도리가 없었습니다. 먹을 것이 하나도 안 남을 때까지는 도저히 가만있을 수가 없었습니다.

저녁마다 그림 테스트를 했는데 그때마다 참가자들에게 종이 한 장과 분필 한 다스를 나눠주었습니다. 그 작자가 정말로 너무나 간절하게 말했습니다. "종이 한 장에 10센트는 주셔야 합니다." 아이들을 가르치는 학교에서 말입니다! 크레용 한 다스를 **사용**만 하는데 69센트를 달라고 했습니다. 커피 한 잔에는 25센트였습니다. 일주일 내내 그런 식이었습니다. 여기서 5센트, 저기서 25센트, 거기서 17센트.

수요일에 전 참가자들에게 조건 없는 사랑을 가르쳤습니다. 그 시간 내내 그 교장을 쳐다볼 수가 없었습니다. 그 낯짝을 보면 꼭 무슨 일이 벌어질 것 같았거든요. (청중석에서 웃음) 자제를 하려고 계속 용을 쓰다 보니 말할 수 없이 피곤했고 기진맥진했습니다. 제 마음에서 무슨 일이 일어나고 있는지 알 길이 없었습니다.

수요일 늦은 시간에 정신을 차려보니 제가 그 작자를 고기 가는 기계에 넣어 돌리는 상상을 하고 있었습니다. (청중석에서 웃음)

목요일에는 기계에서 나온 그의 살 조각에 요오드를 발라주고 싶었습니다. (청중석에서 웃음) 그리고 금요일에는, 금요일에는 그에게 무슨 짓을 하고 싶었는지 기억이 나지 않지만 역시나 매우 추잡한 짓이었을 겁니다.

금요일 정오에 워크숍이 끝나고 저는 그곳을 나왔습니다. 워크숍은 성공리에 끝났지만 저는 한계에 이르렀습니다. 한 톨의 힘도 남아 있지 않았지요. 보통 전 일주일 내내 하루 열일곱 시간을 일해도 싱싱하고 건강합니다.

모르는 누군가가 제 안의 히틀러 단추를 눌렀습니다. 제 자신이 그렇게 추악하고 혐오스럽고 비열하고 못됐다고 느껴본 적이 없었습니다. 거기 있다가는 살인 사건이 터질 것 같아 얼른 그곳을 빠

져나왔습니다. (청중석에서 웃음)

비행기에 탑승할 때는 계단을 제대로 못 오를 정도로 탈진 상태였습니다. 일단 캘리포니아로 가서 친구들을 만나고 시카고로 가서 멋진 부활절 일요일을 보낼 계획이었습니다. 캘리포니아로 가는 내내 머리가 아플 정도로 고민을 했습니다. '그 작자가 무엇을 건드렸을까? 무슨 단추를 눌렀던 걸까?'

캘리포니아에 도착하자 문득 제가 인색한 남자에게 알레르기 반응을 보인다는 깨달음이 들었습니다. (망설이는 웃음) 제가 말하는 '인색한 남자들'이란 '쩨쩨한 인간'입니다. 이제야 그 남자가 정직하게 "2000달러를 더 주시면 좋겠습니다. 비용을 너무 낮게 계산했어요." 라고 했다면 아무 말 없이 수표를 건넸을 것이라는 생각이 들었습니다. 금액이 적을수록 그를 죽여버릴 가능성이 높았던 것이지요.

그렇지만 아무리 고민을 해봐도 이런 반감이 어디서 나온 것인지 알 수가 없었습니다. 감도 잡히지 않았습니다.

샨티 닐라야에서 일하는 사람들은 먼저 두 가지 약속을 합니다. 첫째는 집도 자기 돈으로 구하고 환자 간병비도 청구하지 않겠다는 겁니다. 둘째는 지키기가 조금 더 힘든데, 마음속 히틀러가 등장할 때마다 다시 원래대로 돌아올 때까지 오래 노력하겠다는 약속입니다. 자기는 실천하지 못할 일을 남들에게 설교할 수는 없습니다. 그러니까 저도 무엇이 되었건 간에 그 문제를 떨쳐버려야 했던 것이죠.

우리 센터에는 누구에게도 어떤 부탁을 세 번 이상 하면 안 된다는 규칙이 있습니다. 세 번 이상 부탁을 하면 상대의 자유결정권을 앗게 되니까요. 부탁을 자발적으로 들어줄 것인지 말 것인지는 **그 사람**의 결정이어야 하는 것이죠.

그래서 캘리포니아에서 친구들한테 가는 길에 혹시 친구들이 워크숍에 관해 물으면 세 번까지는 피하자고 생각했습니다. 제 얼굴을 본 친구들은 역시나 그것부터 물었습니다. "워크숍은 어땠어?" 전 대답했습니다. "좋았지."

"워크숍 어땠어?" 친구들이 다시 물었습니다. 대답하는 제 말투가 곱지 않았던 것이죠. 전 "좋았지."라고 대답한 후 두세 마디를 덧붙였습니다. 그 말 역시도 아주 퉁명스러웠겠지요. 그러자 친구들은 화가 난 인간에게 저지를 수 있는 최악의 행동을 했습니다. 저에게 사랑을 보여주었던 것이죠. 세 번째로 같은 질문을 던지며 친구들은 저를 꼭 안아주었고 사랑이 듬뿍 담긴 말로 제 결심을 무너뜨렸습니다. "부활절 토끼 이야기해볼까?"

그 말에 폭발했습니다. "부활절 토끼? 내가 애인 줄 알아? 내 나이가 몇인데. 자그마치 쉰이야. 게다가 난 의사야, 정신과 의사. 부활절 토끼 같은 거 안 믿어." 그 말로도 모자라 결국 모진 말을 뱉고 말았습니다. "너희들이 환자하고 그런 식으로 말하는 건 **너희들** 결정이지만 나한텐 **하지 마.**" 하지만 그 말을 마친 순간 전 훌쩍이며 울기 시작했고 무려 여덟 시간을 계속 울었습니다.

거의 반세기 동안 마무리 짓지 못하고 꾹꾹 눌러 참았던 여한의 바다가 무시무시한 힘으로 솟구쳐 올랐습니다. 저의 고통, 분노,

눈물, 괴로움, 부당함을 표현하자 바다의 밑바닥에 도달한 사람들이 그렇듯 저 역시 기억이 되살아났습니다. 오랫동안 걸어 잠갔던 감정의 문을 열어젖히자 아주 꼬마였던 어린 시절의 기억이 따라 튀어나왔습니다.

'검은 토끼'
진단

세쌍둥이 중 둘째 동생은 항상 아빠 무릎에 앉았고 셋째는 엄마 품을 차지했습니다. 제가 앉을 자리는 없었죠. 엄마나 아빠 두 분 중 누구라도 절 무릎에 앉혀주지 않을까 오래 기다렸습니다. 하지만 한 번도 그런 일은 일어나지 않았고, 전 부모님의 품을 거부하기 시작했습니다. 달리 그 상황을 극복할 방법이 없었거든요. 전 아주 버릇없는 세 살 꼬마가 되었죠. "난 **네**가 필요 없어. 내 몸에 손대지 마." 이런 말을 하는 못된 아이였죠. 진짜로 독립적인 아이인 양.

예전에 우리 집에선 토끼 몇 마리를 키웠습니다. 전 그 토끼들에게 제 사랑을 모조리 주었습니다. 지금 와서 생각해보니 그 녀석들은 절 동생들과 구분할 줄 아는 유일한 생명체였습니다. 제가 풀을 뜯어다 먹였거든요. 그래서 녀석들은 제가 나타나면 무조건 저한테로 폴짝폴짝 뛰어왔습니다. 그 녀석들을 세상 그 무엇보다 사랑했습니다. 전 지금도 동물이 사람을 기를 수 있다고 확신합니다.

문제는 우리 아버지가 검소한 스위스 남자라는 점이었습니다. 스위스 사람들은 정말로 검소하지만 인색하지는 않습니다. 그 차이를 아셨으면 좋겠습니다. (청중석에서 웃음)

6개월에 한 번씩 아버지는 고기를 먹고 싶다고 하셨습니다. 그럼 아무 고기나 사서 먹어도 될 텐데 돈이 없는 것도 아니면서 굳이 토끼 고기를 먹고 싶다고 하셨죠. 당시만 해도 50년 전이라 부모님들이 아주 권위적이셨죠. 아버지는 제게 토끼 한 마리를 푸줏간에 갖다주라고 명령하셨습니다. 제가 직접 한 놈을 골라야 했습니다. 형리처럼 이번에 죽을 놈을 제가 결정해야 했습니다.

전 제 토끼들 중 한 놈을 골라서 30분 거리의 산길을 올라 푸줏간까지 안고 갔습니다. 끔찍한 형벌이었죠. 녀석을 푸줏간 주인에게 건네면 안으로 들어간 그가 잠시 후 따뜻한 고기가 든 종이봉투를 들고 나왔죠. 전 그 봉투를 들고 다시 산길을 30분 걸어 내려왔고 부엌에 계신 어머니에게 드렸습니다. 그리고 저녁 시간이 되면 식당에 앉아서 온 식구가 사랑하는 저의 토끼를 먹는 광경을 지켜보아야만 했죠.

하지만 자존심이 워낙 강해서 불안과 무기력을 자존심 뒤로 숨기려 노력했기 때문에 식구들은 그 일로 제가 얼마나 상처를 받았는지 짐작도 못했을 겁니다. 이해하시겠죠? "너희들이 날 사랑하지 않으면 아무리 아파도 너희들에게 말하지 않을 거야." 전 한 번도 말하지 않았습니다. 한 번도 울지 않았습니다. 단 한 사람도 저의 아픔을, 분노를, 고통을 몰랐습니다. 그 모든 것을 마음 저 깊은 곳에 꽁꽁 숨기고 문을 걸어 잠갔습니다.

아픔이 잦아들려면 6개월이 걸렸습니다. 그러고 나면 다시 또 토끼를 골라야 할 시간이 돌아왔죠.

그 기억이 되살아나서 얼굴이 눈물범벅이 되었던 퇴행의 순간, 전 다시 일곱 살의 아이로 돌아갔습니다. 풀밭에 무릎을 꿇고서 제가 가장 아끼던 마지막 토끼랑 이야기하던 장면이 어제 일처럼 선명하게 떠올랐습니다. 녀석의 이름은 블래키였습니다. 털이 새까맣고 정말 예뻤죠. 제가 매일 부드러운 민들레 잎을 잔뜩 따다 주었기 때문에 살이 올라 토실토실하고 털에 윤기가 흘렀습니다. 전 달아나라고 애원했습니다. 하지만 녀석은 절 너무 좋아해서 한 걸음도 떨어지려고 하지 않았습니다. 결국 전 블래키마저 푸줏간에 데려다줄 수밖에 없었습니다.

제가 걸어가서 블래키를 푸줏간 아저씨에게 내밀었습니다. 잠시 후 아저씨가 종이봉투를 들고 나와 말씀하셨습니다. "이런 토끼를 꼭 오늘 잡아야 했니? 하루 이틀만 더 두었어도 새끼를 낳았을 텐데." 블래키가 암놈이란 것을 전 몰랐습니다.

지금 와서 —정신과 의사가 되고 나서— 보니 마지막 토끼가 죽은 후 전 눈물과 마음의 비명을 듣지 않으려고 그날의 경험을 마음 저 깊은 곳에 꽁꽁 숨겨두었던 것 같습니다. 그리고 검소한 남자를 만날 때마다 그 경험을 더 내리눌렀고 결국 꽁꽁 문을 걸어 잠그고 말았던 것이지요.

그러다가 반세기 만에 정말이지 인색한 그 남자를 만났던 것입니다. 자칫했으면 그를 죽일 수도 있었을 겁니다. 비유가 아닙니다. (청중석에서 웃음. 엘리자베스가 대답한다.) 아니요. 제 말을 제대로 알아들으셔야 합니다. 그 남자가 금요일 오전에 단 1페니히라도 더 요구했더라면 그는 지금 이 세상 사람이 아닐 것이고 전 감옥에 있을 겁니다. (청중석에서 웃음) 농담이 아닙니다. 완전히 녹초였고 방어벽이 무너지기 일보 직전이었으니까요.

우리 워크숍에서도 참가자들은 이런 식으로 속마음을 다 털어놓습니다. 얼마나 다행인지 몰라요. 캘리포니아에서 울면서 친구들한테 다 털어놓고 나자 그 일에도 잘 대처할 수 있게 되었고 '인색한 남자'에 대한 혐오가 어디서 왔는지도 알게 되었으니까요. 지금 전 인색한 남자를 아무리 많이 만나도 끄떡없습니다. 그게 **그들**의 문제일 뿐, 더 이상은 저의 문제가 아니라는 것을 잘 알거든요.

전 행운아라서 좋은 친구들 덕분에 마음에 꽁꽁 숨겨두었던 경험을 끌어내어 잘 처리할 수 있었습니다. 감사의 마음에서 전 하와이로 돌아가 교도소 책임자에게 수감자들의 '검은 토끼'를 진단할 수 있게 해달라고 부탁했습니다. 그들이 우리를 믿기까지는 시간이 많이 걸렸지만 결국 우리는 허락을 받아냈습니다. 2년 전 우리는 첫 수감자를 만났습니다. 그리고 그사이 그는 자신이 겪었던 고통과 분노를 활용하여 아이들을 돕고 있습니다. 그 아이들이 자신처럼 감옥에 오지 않게끔 말이죠.

그 감옥에서 제가 검은 토끼 이야기를 하자 한 노인이 질문을 던졌습니다. "이 범죄자들 틈에 혼자 있는 게 안 무섭소?" 전 대답했지요. "여러분이 범죄자면 저도 범죄자입니다." 그 말이 완벽하게 진심이었다는 것을 알아주셨으면 합니다. 우리 모두의 마음에는 범죄자가 될 가능성이 숨어 있습니다.

갑자기 우리 아들뻘 정도의 젊은이가 벌떡 일어나더니 말했습니다. "제가 왜 여기 들어왔는지 이제야 알겠어요."

그는 아주 짧은 이야기를 우리에게 들려주었습니다. 열다섯 살때였는데, 어느 날 학교에서 갑자기 당장 집으로 돌아가야 한다는 생각이 들었답니다. 지성이 전혀 개입하지 않은 상태에게 그런 욕망을 느낀다면 그건 직감의 사분면에서 온 것입니다. 열다섯 살 소년이 그럴 수 있다면 그 아인 분명 사랑을 듬뿍 받고 자랐을 겁니다.

아이는 마음이 시키는 대로 집으로 달려갔습니다. 그리고 별실에 들어갔습니다. 하와이에선 아이들이 별실에 잘 안 들어가는데 무슨 영문인지 아이는 곧장 그리로 갔습니다. 아버지가 소파에 반은 앉고 반은 누워 계셨는데 얼굴이 완전히 흙빛이었습니다. 아이는 아버지를 너무 사랑했으므로 소리를 질러 누군가를 부를 생각을 못했습니다. 그저 아버지 뒤로 돌아가 아버지를 꼭 끌어안았지요.

10분이 지나고 아이는 아버지가 숨을 쉬지 않는다는 사실을 깨달았습니다. 하지만 그 순간이 너무나 평화로웠기에 아이는 이번에도 달려가 사람을 불러올 생각을 못했습니다. 조금 더 그대로 가만히 있고 싶었거든요.

그 순간 할머니가 들어왔습니다. 할머니는 평소에도 샘이 많고 심보가 고약했는데 그 광경을 보고서는 고함을 지르며 아이에게 아버지를 죽였다고 야단을 쳤습니다. "전 참았습니다. 그 성스러운 순간을 망가뜨리고 싶지 않았거든요." 할머니가 자신에게 죄를 뒤집어씌워도 아이는 아무 말도 하지 않았습니다.

장례식을 치르러 온 동네사람들과 가족들이 다 모였습니다. 그 사흘 동안 할머니는 또다시 아이를 비난했습니다. 이번에는 사람들이 다 모인 곳에서 아버지가 죽은 게 아이 탓이라고 떠들었습니다. "전 아무 말도 못했습니다. 사랑하는 아버지의 장례식을 망치고 싶지 않았거든요."

2년 6개월 후 그가 갑자기 식료품 가게 앞에 나타났습니다. 그 물건을 뭐라고 부르죠? 앞을 싹둑 자른 그 총을 들고요. 그걸 초라한 차림새의 어떤 심술 맞은 할머니 관자놀이에다 들이댔지요. 그렇게 그는 마냥 거기 서 있었습니다. 아주 오랫동안. 한참 후 그가 할머니의 얼굴을 쳐다보며 말했습니다. "내가 지금 무슨 짓을 하고 있는 거죠? 당신을 해치려는 게 아니었어요." 그는 사과하고 무기를 버리고 집으로 달려갔습니다.

작은 마을에서 소문은 빠르게 퍼졌습니다. 소년은 20년 형을 선고받았습니다.

세상에 나쁜 사람은 없습니다. 예전에 멋진 어린이 책을 한 권 읽은 적이 있습니다. 아이들이 신께 쓴 편지를 실어놓았지요. 이런 편지 구절이 생각납니다. "하느님은 불량품을 만들지 않았습니다." 기억나세요? 모든 인간은 태어날 때 완벽합니다. 신체의 사분면이 완전하지 않으면 그걸 메우기 위해 영성의 사분면이 더 활짝 열립니다. 모든 인간은 완벽합니다. 나중에 자라 불완전해진다면 그건 오로지 충분한 사랑과 이해를 받지 못했기 때문입니다.

부활절 주간 내내 여러분도 자신의 검은 토끼를 찾아보시길 바랍니다. 마침 그런 작업을 하기에 기가 막힌 시간이기도 하고요. 찾다가 미워하는 사람을 만나거든 단죄하지 말고 이해해보세요.

(따뜻하고 명랑한 목소리로) 감사합니다. 행복한 부활절 보내세요. (박수)

조금 더 나은 내가 되기 위한 후회

엘리자베스 퀴블러 로스는 죽음 전문가로 유명한 사람입니다. 죽음을 함부로 입에 올릴 수 없었던 1960년대에 미국에서 처음으로 죽음을 주제로 강연을 하고, 죽음을 앞둔 사람들과 그 가족을 도와 편안한 임종의 길로 인도하였던 선구자이지요. 우리나라에도 많은 책이 번역되어 나왔고 그중 일부는 많이 팔려 널리 읽히기도 했습니다. 《죽음과 죽어감》, 《사후생》, 《상실수업》, 《어린이와 죽음》 등 책의 제목만 보아도 죽음과 가까운 그녀의 위치를 잘 알 수 있습니다.

산 사람들이 죽음을 이야기하는 까닭은 아마 두 가지일 것입니다. 첫째는 인간이란 언젠가 죽을 수밖에 없는 존재이기에 그 유한성이 선사하는 불안과 공포를 조금이나마 극복하고 편안한 죽음을 맞이하고 싶기 때문일 것입니다. 또 하나는 결국 언젠가 죽어야 한다면 하루가 되었건 100일이 되었건 100년이 되었건 그 남은 시간을 알차게, 행복하게 살다 가고 싶기 때문일 것입니다. 그러기에 우리나라에서도 가장 인기를 끌었고 지금도 가장 많이 읽히는 그녀의 책은 《인생수업》입니다. 죽음을 떠올릴 때면 누구나 자연스럽게 자신에게 남은 삶을 어떻게 살 것인가 고민하게 될 테니까요. 어떻게 살아야 후회하지 않을 것인지, 어떻게 그 시간을 채워야 미소를 지으며 죽을 수 있을지 염려하게 되니까요.

갈매나무의 대표님과 아직 소개되지 않은 엘리자베스의 책을 찾아보자고 의기투합한 이유도 그런 죽음의 길잡이 역할 때문이었습니다. 살아온 날의 햇수를 손가락으로는 헤아릴 수 없게 된 이후부터 겪어낸 고난과 죽음의 숫자는 늘어나고 후회와 아픔의 양도 같이 더해져서 삶의 등불이 많아졌으면 좋겠다고 생각하였지요. 마침내 기다리던 원서가 도착하여 책을 펼쳤던 날을 기억합니다. 기분 내키는 대로 아무 데나 척 펼치면 감동적인 사연이 담겨 있었습니다. 어디를 펼쳐도 감동이 휘몰아친다는 저의 말에 대표님이 좋아하시던 순간이 떠오릅니다.

그렇습니다. 이 책에는 사연들이 많습니다. 이론보다 진짜 사람들의 이야기를 골라 실으려고 한 엮은이의 노력 덕분에 엘리자베스가 만났던 환자와 환자의 가족, 특히 어린아이들의 감동적인 사연들이 많이 담겨 있습니다. 그래서 자주 눈가가 촉촉해지기는 하겠지만 아마 어려운 글귀를 읽을 때보다 훨씬 많은 생각을 하게 될 것입니다. 또 한 가지, 이 책은 생생한 그녀의 육성을 들을 수 있는 강연이라는 점에서 지금까지 나온 그녀의 책들보다 돋보입니다. 그녀는 평생 어디든 부르는 곳이면 가리지 않고 달려가 사람들에게 직접 자신의 생각을 전하였습니다. 그 카랑카랑했을 그녀의 목소리가 책에서 고스란히 느껴집니다. 엮은이가 '운명'을 통해 만난 여러 강연 녹취록을 겹치지 않게 잘 배열하여 우리에게 전해준 덕분이지요.

저는 개인적으로 이 편지가 참 좋았습니다. 베트남에서 돌아오지 못한 남자친구에게 보낸 젊은 여성의 편지 말입니다.

그 날이 기억나?
내가 네 새 차를 빌려다가
박았잖아.
이제 죽었다 생각했는데
넌 아무 말도 안 했지.
해변으로 널 끌고 갈 때
네가 비올 것 같다고 했는데
진짜로 비가 왔잖아.
"내가 뭐랬어. 비 온다고 했잖아."
그렇게 지청구를 할 줄 알았는데
넌 아무 말도 안 했지.
질투심을 일으키려고, 널 화나게 하려고
남자애들하고 시시덕거렸어.
네가 날 떠날 것이라고 생각했지만
넌 내 곁에 남았지.

블루베리 케이크 한 조각을

새로 산 네 바지에 떨어뜨렸던 날은 기억나?

나랑 아주 연을 끊을 것이라고 생각했는데

넌 그러지 않았어.

까먹고 댄스파티라는 말을 안 해서

네가 청바지 입고 나타났던 날은?

너한테 한 대 얻어맞을 거라고 각오했는데

넌 그러지 않았지.

네가 베트남에서 돌아오면

하고픈 말이 너무나 많았어.

하지만 넌 돌아오지 않았지.

우리의 하루하루도 그녀처럼 후회로 가득하지만 그 후회들이 쌓이고 쌓이다 보면 어느 날 조금은 더 나은 내가 될 수도 있지 않을까요? 그런 여러분의 후회와 기대를 이 책이 함께 하면 좋겠습니다. 죽음이 삶과 멀지 않음을 깨닫고 죽음을 통해 충만한 삶을 고민하는 여러분의 발걸음을 이 책이 동행할 수 있다면 좋겠습니다.

2020년 2월
장혜경

옮긴이 **장혜경**

연세대학교 독어독문학과를 졸업하고 같은 대학 대학원에서 박사 과정을 수료했다. 독일 학술
교류처 장학생으로 하노버에서 공부했다. 현재 전문 번역가로 활동 중이다. 《삶의 무기가 되는
심리학》, 《나는 이제 참지 않고 말하기로 했다》, 《오늘부터 내 인생 내가 결정합니다》, 《나는
왜 무기력을 되풀이하는가》, 《나는 괜찮을 줄 알았습니다》 등을 우리말로 옮겼다.

충만한 삶, 존엄한 죽음

초판 1쇄 발행 2020년 2월 25일

지은이 • 엘리자베스 퀴블러 로스
옮긴이 • 장혜경

펴낸이 • 박선경
기획/편집 • 권혜원, 권혜원, 한상일, 남궁은
홍보 • 권장미
마케팅 • 박언경
표지 디자인 • 엄혜리
제작 • 디자인원(031-941-0991)

펴낸곳 • 도서출판 갈매나무
출판등록 • 2006년 7월 27일 제395-2006-000092호
주소 • 경기도 고양시 일산동구 호수로 358-25 (백석동, 동문타워 II) 912호
전화 • (031)967-5596
팩스 • (031)967-5597
블로그 • blog.naver.com/kevinmanse
이메일 • kevinmanse@naver.com
페이스북 • www.facebook.com/galmaenamu

ISBN 979-11-90123-78-5 / 03840
값 14,000원

이 도서의 국립중앙도서관 출판예정도서목록(CIP)은 서지정보유통지원시스템 홈페이지
(http://seoji.nl.go.kr)와 국가자료공동목록시스템(http://www.nl.go.kr/kolisnet)에서 이용
하실 수 있습니다.(CIP제어번호: CIP2020005020)